PLAN DES VERFLUCHTEN TEMPELS

ZWEITE EBENE

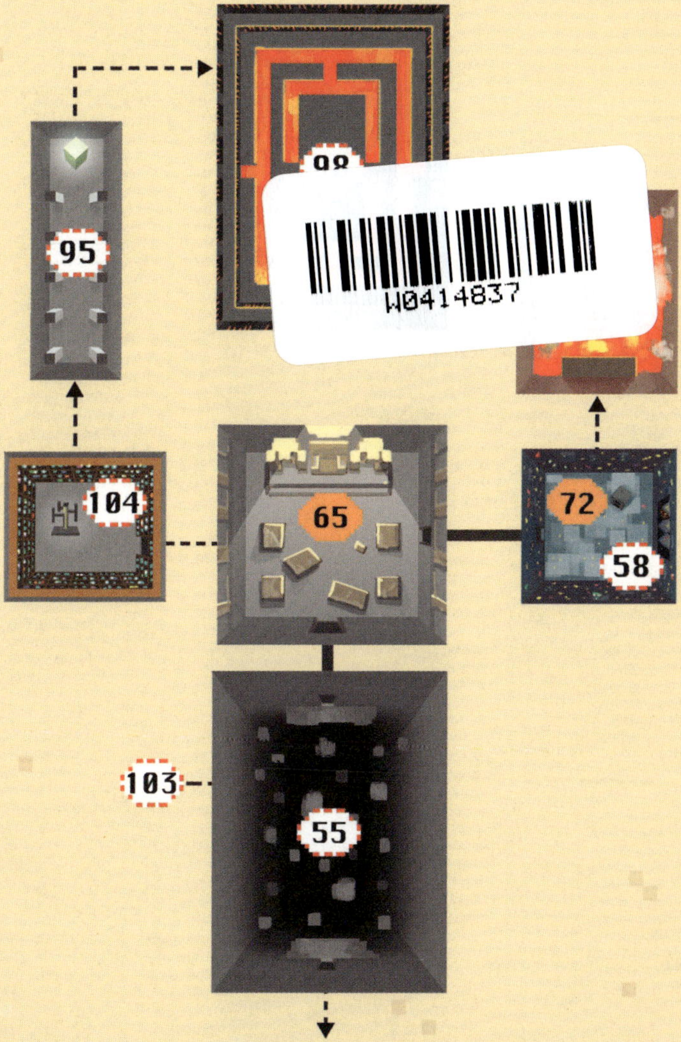

NIMM DIE HERAUSFORDERUNG AN,

ESCAPE

LÖSE DIE RÄTSEL

BOOK

UND ENTKOMME AUS DEM BUCH!

TAGEBUCH EINES NOOBS

DER VERFLUCHTE MEGA-TEMPEL

Published in the French language originally under the title:
Escape Book – Journal d'un Noob – Le Méga Temple Maudit

ISBN 979-1-0324-0254-2

Texte: Ian Arzhel
Illustrationen: Saboten
Layout: Axel Mahé
Redakteur: Alain T. Puyssegur
Lektorat: Ségolène Estrangin

Übersetzung aus dem Französischen: Marta Wajer
Lektorat: Christoph Eiden
Satz: ce redaktionsbüro
Redaktion: Daniel Fischer
Coveradaption: Beate Lennartz

Gesamtherstellung: Ullmann Medien GmbH,
Rolandsecker Weg 30, 57619 Rheinbreitbach

ISBN 978-3-7415-2417-2

10 9 8 7 6 5 4 3

www.ullmannmedien.com

NIMM DIE HERAUSFORDERUNG AN,

ESCAPE BOOK

LÖSE DIE RÄTSEL

UND ENTKOMME AUS DEM BUCH!

TAGEBUCH EINES NOOBS

DER VERFLUCHTE MEGA-TEMPEL

ULLMANN

MINUS

Das bist du! **Minus, ein Dorfbewohner!**

Vor langer Zeit warst du **DER** Noob in Dorfstadt – und sicherlich einer der größten Noobs des ganzen Kontinents von Ardenvell. Das aber war einmal. Heute bist du einer der **mächtigsten** Krieger deines Dorfes.

Du hast **zahlreiche Glanzleistungen** vollbracht, aber es gibt noch viel zu tun, denn das Böse, das durch den schrecklichen Herobrine verkörpert wird, befindet sich immer noch in dieser Welt …

ALICE

Du hast lange gedacht, dass **Alice** wie alle anderen Dorfbewohner in Dorfstadt ist. Dann aber hast du erfahren, dass Herobrine sie gefangen nahm und dass sie seltsame Kräfte hat. Ihr mögt euch sehr gern und habt euch **ein Versprechen gegeben: dass ihr aufeinander aufpasst.**

BILLY

Eines Tages ist **Billy** in Dorfstadt aufgetaucht – ein merkwürdiger Kater, der eine Sache besonders gut kann: **reden.** Ehrlich jetzt: Tiere, die sprechen können, fandest du schon immer sehr **seltsam ...**

HEROBRINE

Im Leben gibt es viele **wirklich schreckliche** Dinge: Zombies, das Geräusch, das Spinnen machen, wenn du versuchst einzuschlafen, Pilze und vor allem **Herobrine.** Er ist ein echt böser Zauberer. **Und zwar so richtig böse.** Er hat nichts anderes im Sinn, als Minecraftia zu beherrschen.

ACHTUNG, ABENTEURER!

Über dieses Buch

Dieses Buch ist kein gewöhnliches Buch. ***Lies es nicht wie ein normales Buch*** *und blättere es nicht Seite für Seite durch. Du wirst die Regeln beim Lesen verstehen.*

Wir raten dir natürlich, ***nicht allzu viel im Buch herumzublättern.*** *Du riskierst damit, dir die Freude an Entdeckungen und Abenteuern zu vermasseln.*

Du solltest also alle Anweisungen genau befolgen, die du im Buch bekommst!

Besorg dir einen ***Bleistift*** *und einen* ***Radiergummi,*** *sie werden nützlich sein!*

Das Material

Am Ende dieses Buches findest du das Spielmaterial, Hinweise und Lösungen, die du aber nur dann verwenden solltest, wenn es dir gesagt wird! ***Benutze dieses Material nicht vorher,*** *oder du riskierst, die Erforschung des schrecklichen verfluchten Tempels zu verderben! Wenn du nicht weiterkommst, wirst du Hinweise finden.*

Dein Abenteuer beginnt bei 01.

01

Heute hat dich der Bürgermeister zu sich gerufen. Er sagte, dass er mit dir über etwas **HYPER-Wichtiges** reden muss.

– Minus, Dorfstadt ist ernsthaft in Gefahr. Wir brauchen dich! Aufgrund deiner **UNGLAUBLICHEN Stärke, Intelligenz** und **Ausstrahlung** kannst nur du uns helfen.

Na gut, **OK,** vielleicht hat er es nicht wortwörtlich so gesagt, aber du könntest schwören, dass die **allgemeine Aussage** inhaltlich genau das besagte. Dann erklärte er:

– Vor einer Woche erhob sich ein **gigantischer** Tempel an der Südküste aus dem Wasser. Alice ist vor vier Tagen dort hingegangen und wir haben seitdem nichts mehr von ihr gehört. **Du musst unbedingt dorthin!** Schau, hier liegt der Tempel.

HHHUUUUURRRRRRRRGGGGG

Dein Gehirn hat ein wenig Zeit gebraucht, um alle Informationen aufzunehmen. Tempel, Alice, neue Nachrichten. Kekse.

Sicher, dass von Keksen die Rede war?

Puh! Wenn Alice in Gefahr ist, musst du los! **Schließlich habt ihr euch ein Versprechen gegeben ...**

– Sehr gut! Ich nehme die Mission an und werde mich als würdig erweisen! Wir kommen als Helden zurück!

In der Tat ist es das, was du eigentlich sagen wolltest. Stattdessen hast du nur ein **langes HUUUURG** zustande gebracht.

Mach dich direkt auf den Weg und gehe zu 02. Mehr Informationen vom Bürgermeister findest du in 14.

02

Nachdem du dich auf den Weg begeben hast, brauchst du als **großer Krieger** natürlich nicht allzu lange, um die Küste von Ardenvell zu erreichen.

Aaaaaaaaber ... es ist **SUPER-HEISS!**

Du hast dir einen Eimer Wasser über den Kopf geschüttet, um dich abzukühlen. Das war vielleicht keine so gute Idee, denn dein Pferd wäre fast weggerannt ...

Du befindest dich jetzt vor dem **besagten Tempel.**

Du bist zwar einer der tapfersten Krieger des Dorfes, aber man muss zugeben, dass es hier wirklich **unheimlich** ist.

In der Nähe des Eingangs ist ein Pferd an einem Pfosten angeleint. Kein Zweifel, **dass es Alice gehört.** Sie ist da allein reingegangen? Du staunst immer wieder über ihren Mut ...

Abgesehen davon scheint der Ort völlig **verlassen.**

Ah, nein! Auf einem Plakat steht eine Aufforderung:

FLIEHT, IHR ARMEN IRREN!

Unterzeichnet ist es mit: **Die Flamme der ewigen Laterne.**

Du ziehst **deine beiden Schwerter,** nur für den Fall der Fälle.

In diesem Moment lässt dich ein Geräusch hochschrecken.

MIAAAOOOUUUU

Es ist Billy, der seltsame Kater. Du schaust ihn fragend an. Er sagt:

> – Du fragst dich vielleicht, was ich hier tue. Ich habe mir gedacht, dass du eventuell **ein wenig Hilfe brauchst.**

Du schaust ihn neugierig an und bejahst dies dann mit der Ernsthaftigkeit, die einen ordentlichen **Krieger** auszeichnet.

Wenn du **einen Blick auf Alices Pferd werfen willst,** gehe zu 11. Wenn du direkt **zum imposanten Eingangstor des Tempels** vorrücken willst, gehe zu 05.

03

Leider **stirbst** du in den Tiefen dieses **verdammten Tempels.** Du musst dein Abenteuer **von vorn beginnen. Entferne** alle

Objekte, die du in deinem **Inventar** gesammelt hast und gehe wieder zu 10. Viel Glück!

04

Du **drückst auf die rechte und die mittlere Taste,** aber das bringt nichts.

Du musst etwas falsch gemacht haben ...

Gehe lieber zurück zu 44, um den Text über den Mechanismus erneut zu lesen.

05

Du näherst dich langsam dem **Eingang zum Tempel.**

Wie kann es sein, dass ein so großes Gebäude aus heiterem Himmel **aus dem Meer emporgestiegen ist?** Angesichts des Zustands, in dem es sich befindet, muss es **wirklich sehr alt** sein.

Warum kam Alice allein hierher? Wenn sie dich doch nur um deine Hilfe gebeten hätte!

Als du nur ein paar Blocks von der großen Tür entfernt bist, **hörst du ein Geräusch.**

KLICK!

Es ist kein schönes „Klick“ -Geräusch, das an einen Keks

erinnert. Nein, es ist eher ein unschöner „Klick“-Laut. **Wirklich uncool, weil es das Geräusch einer Falle ist ...** Du kannst dich **überhaupt nicht mehr** bewegen.

Du bemerkst, dass du **keine Ausrüstung** mehr hast. Nun, nicht ganz: Du entdeckst einen merkwürdigen Plan. **Du kannst ihn am Ende des Buches unter A4 und als Vorsatz zu Beginn des Buches finden..**

Nach einem miauenden **Gedankengang** sagt Billy zu dir:

– Ich kenne diesen Plan! Schau mal, da sind Zahlen. Dies sind die Absätze, **zu denen du gehen kannst.** Du kannst auch von einem Ort zum anderen wechseln, **indem du den Verbindungslinien folgst.** Sei vorsichtig! Einige Linien sind **gestrichelt.** Das bedeutet, dass du nicht direkt dorthin gelangst und herausfinden musst, **wie du dir Zugang verschaffen kannst.**

Plötzlich ertönt eine **schreckliche Stimme** und unterbricht den Kater. Eine Stimme, die du unter Tausenden erkennen würdest: **Herobrine.** Mithilfe einer seltsamen Magie erscheint sein Gesicht mit funkelnden Augen riesig über deinem Kopf.

– Ahahahahah! Du bist in meine Falle getappt, Abenteurer! Anscheinend sind die Krieger von Minecraftia nicht sehr schlau, **das war fast zu einfach.** So wie das **Mädchen** mit den blauen Haaren, das ich in **den Tiefen des Tempels** eingesperrt habe, wirst auch du nie wieder das Tageslicht erblicken!

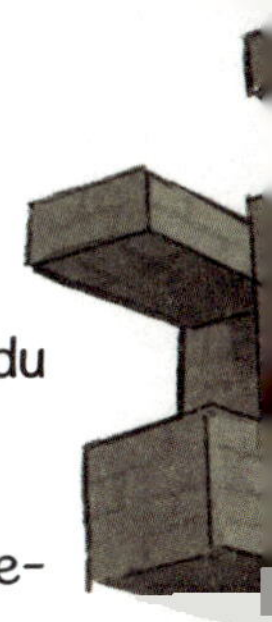

Er spricht von Alice! Das dreht dir den Magen um und du hoffst, dass es ihr gut geht. Herobrine fährt fort:

– Ich werde dich in den **verfluchten Tempel** teleportieren. Niemand außer mir konnte jemals von dort entkommen! Ich wünsche dir eine angenehme ewige Ruhe, **kleiner Krieger!**

Die Stimme von Herobrine verabschiedet sich mit einem schrecklichen Lachen, als er dich in den Tempel teleportiert.

Schau dir den **Plan** an! Dein Abenteuer im verfluchten Tempel beginnt. Gehe zu 10!

06

Du drückst **die linke und die mittlere Taste.** Nichts passiert …

– Ich glaube, du hast da etwas falsch verstanden …

Kehre lieber zu 44 zurück, um den Text über den Mechanismus erneut zu lesen.

07

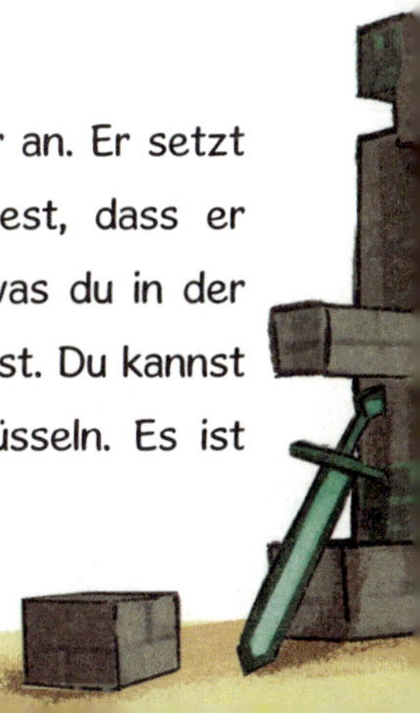

Du schaust dir den Schreibtisch etwas genauer an. Er setzt jetzt eine kraftvolle **Energie** frei. Du vermutest, dass er **magisch** ist. Dein Gefühl ist ähnlich wie das, was du in der Gegenwart von **Notch und Herobrine** gehabt hast. Du kannst **einige Symbole** auf dem Schreibtisch entschlüsseln. Es ist

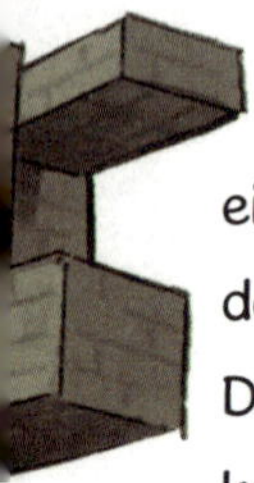

eine **sehr alte** Sprache. Es geht um den Tempel, aber auch um den **Würfel der Macht.** Der Text spricht von einem Schlüssel. Der Würfel ist also der Schlüssel, um hier rauszukommen? Du kannst nicht genau sagen, warum, aber du hast den Eindruck, dass dich jemand beobachtet.

Du kannst hier nichts mehr ausrichten, also gehst du zu 35, um weiter in den **Geheimarchiven** zu stöbern, **in einen anderen Raum zu gehen** oder dir noch einmal den **Plan** anzuschauen.

08

Du drückst **die linke und die rechte Taste des 3-Tasten-Mechanismus.**

KLACK!

Bravo! Die Holzplatte zerbricht und gibt einen kleinen Hohlraum in der Mauer frei. Du entdeckst einen **kleinen Eisenschlüssel.** Du fügst ihn deinem Inventar hinzu. Kreuze dazu das entsprechende Kästchen in der Liste A3 am Ende des Buches an.

– Dieser **kleine Eisenschlüssel** wird uns sicherlich helfen, aus dem ersten Raum herauszukommen!

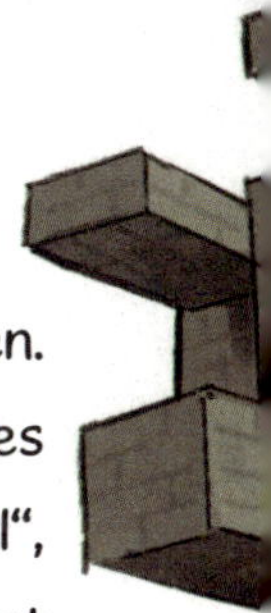

Um ihn zu verwenden, musst du eine **Kombination** finden. Sieh dir dazu die **Tabelle der Kombinationen** A2 am Ende des Buches an. Folge einfach der Zeile „Kleiner Eisenschlüssel“, um zu erfahren, womit du ihn kombinieren kannst! Du erhältst eine **Zahl,** die dir sagt, wo du im Buch weiterlesen sollst.

Sieh dir schnell die möglichen Kombinationen an!

09

Als du das **Fresko** genauer betrachtest, insbesondere die rote **Horde der Zombies,** bemerkst du einen versteckten **Knopf.**

– Bravo, Minus!

Ha! Ein **NOOB** hätte das bestimmt nicht gesehen, **aber DU BIST JA KEIN NOOB! Du drückst auf den Knopf** und ein geheimer Durchgang, zwei Blocks hoch, erscheint wie von Zauberhand direkt unter dem Fresko.

BINGO!

(Du weißt nicht wirklich, was dieses Wort bedeutet, aber du hast einmal gehört, dass es Menschen sagen, nachdem sie etwas geschafft haben und findest es ziemlich cool!)

Du hast den Zugang zu **Raum** 25 freigeschaltet. Du weißt noch nicht, was das für ein Ort ist, aber du wirst es herausfinden. Du kannst aber auch weiter die **Halle** in 13 **erkunden** oder **in einen anderen Raum gehen.**

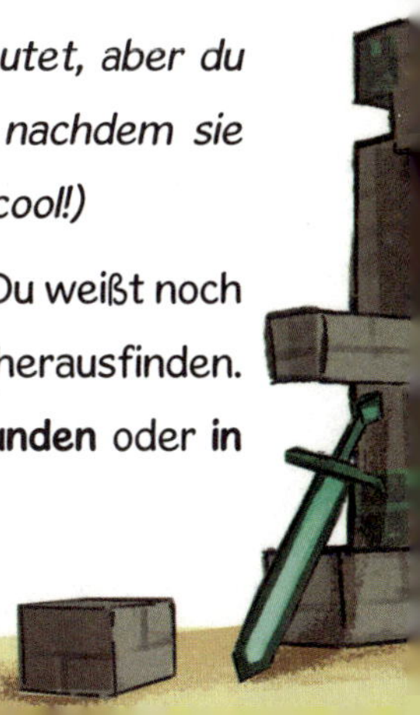

10

Der Raum, in dem du dich befindest, ist nicht sehr groß. Unmöglich, hier einen Block zu zerstören. Du erkennst einen **kleinen Würfel** und eine **Tür aus Eisen.**

KKKKKNNNNNNUUUUUURRRRR

Der Lärm kommt irgendwo von unten und er hört sich **mega-beängstigend** an.

Sogar **HYPER-MEGA-BEÄNGSTIGEND.**

Hinter dir bemerkst du einen **Mechanismus mit drei Tasten,** die auf einer Holzplatte befestigt sind. Du kannst sie genauer betrachten, wenn du zu 44 gehst. Wenn du die **Eisentür** inspizieren willst, gehe zu 50. Es gibt auch einen **kleinen Würfel** in 38, auf den du einen Blick werfen kannst.

11

Du hast das Pferd von Alice sofort erkannt.

Es ist an einen Pfosten, der im Sand steckt, angeleint. Eine Tasche ist an seinem Sattel befestigt. Du schaust hinein und entdeckst etwas hastig Hingekritzeltes:

MACH DICH AUF DEN WEG ZUM HERZEN DES VERFLUCHTEN TEMPELS ODER ALL DEINE FREUNDE WERDEN VERSCHWINDEN … H

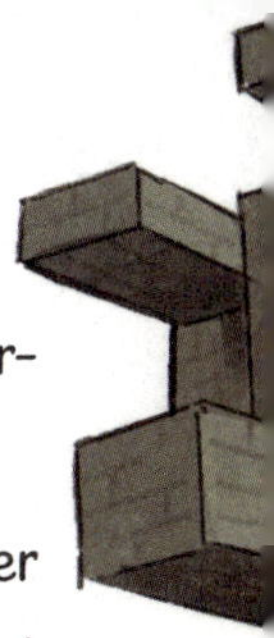

Das ist nicht die Schrift von Alice ... Ist es Herobrines? Sicherlich hat diese Aufforderung Alice zum Tempel gelockt.

Du wirfst noch einen Blick auf den Tempel. Ein kalter Schauer läuft dir über den Rücken, aber deine **Sorge** um Alice ermutigt dich, sich der riesigen Eingangstür zu nähern. Gehe zu 05.

12

Du kombinierst den **kleinen Eisenschlüssel** mit dem **3-Tasten-Mechanismus,** aber es passiert nichts. Hinter dir siehst du, wie **Billy** dir einen teils neugierigen, teils amüsierten Blick zuwirft.

Du musst **eine andere Kombination** ausprobieren!

13

Du befindest dich in der **Halle mit den sechs Säulen** und hast den Eindruck, dass du dich in der **Halle eines riesigen Schlosses** befindest.

KKKKKKNNNNNNUUUUUURRRRRR

Schon wieder dieses Geräusch! Das hört sich wie ein **Schrei** an ... Was passiert bloß in diesem Tempel? Hoffentlich geht es **Alice** gut! Du musst sie finden!

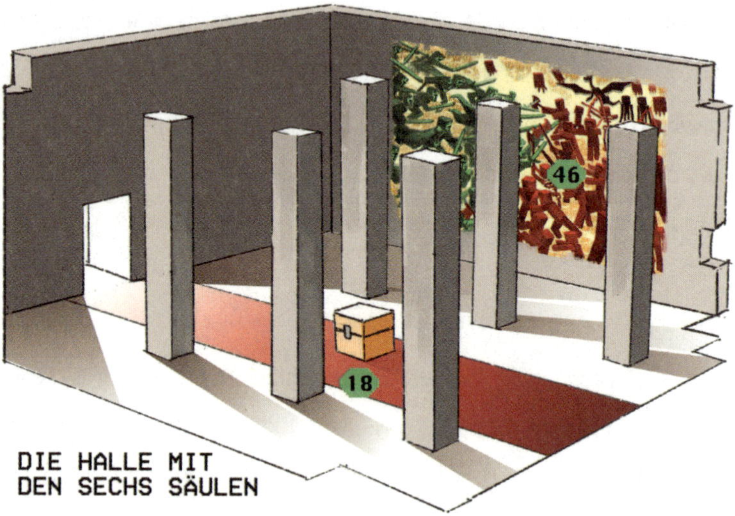

Du kannst in 46 das **Fresko** auf der Stirnwand des Raums untersuchen. Näheres zu der **Truhe** findest du bei 18.

14

Du stellst dem Bürgermeister Fragen, doch er sieht dich nur **traurig** an.

– Minus, **ich habe dir leider alles erzählt, was ich weiß.** Um ehrlich zu sein, bin ich sehr **besorgt.** Bevor Alice zum Tempel ging, war sie **sehr aufgeregt.** Ich glaube, ich habe sogar gehört, wie sie über **Herobrine** gesprochen hat. Sei also auf der Hut! Wenn es um Herobrine geht, musst sogar du vorsichtig sein!

Du machst dich auf den Weg zum Tempel und gehst zu 02.

15

Als du die **Feder** in den Kolben gibst, erscheinen einige Blasen. Glückwunsch! Du hast die richtige Dosierung gefunden und bekommst einen **seltsamen Trank** für dein Inventar!

Du kannst dein Abenteuer im **Alchemielabor** in 104 fortsetzen oder einen anderen Teil des Tempels erkunden.

16

Mit dem **Diamantschwert** hast du keine Mühe, den **Zombie** zu besiegen. Er löst sich in einer Staubwolke auf und **hinterlässt nichts.** Du betrittst den Raum, den er bewacht hat. Der Geruch von **Zombiefleisch** steigt dir in der Nase, es stinkt fürchterlich. Du entdeckst eine kleine Truhe, die einen **Eimer mit Wasser** enthält. Denk daran, ihn zu deinem **Inventar** hinzuzufügen!

Du gehst wieder zu 35, um weiter die **Geheimarchive** zu erkunden.

17

Du platzierst den Würfel der Macht auf der Vorrichtung und stellst sicher, dass die vereiste Seite des Würfels die ver-

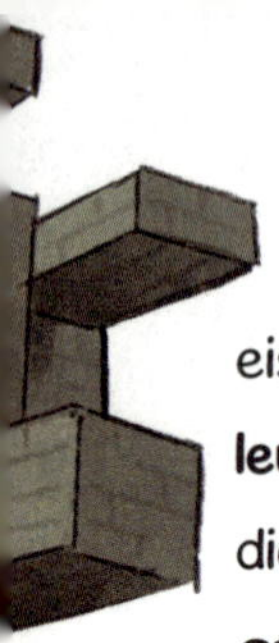

eiste Fläche des Quarzblocks berührt. Alles beginnt **intensiv zu leuchten.** Ein Teil des Bodens lagert auf einer Kolbenmechanik, die nun eine **Treppe** freigibt, die weit in die Tiefe hineinragt.

GRATULATION! Du hast den Zugang zur **zweiten Ebene** des verfluchten Tempels freigeschaltet. Um dorthin zu gelangen, gehst du zu 55. Vorher kannst du aber auch die Erkundung der **ersten Ebene** fortsetzen und abschließen.

18

Du weißt nicht wirklich warum, aber diese Truhe hat eine **beruhigende Wirkung.** Vielleicht weil du hoffst, etwas für deine **Ausrüstung** zu finden?

QQQUUUIIIIEEEETTTTSCHHHHHH

Die Truhe öffnet sich mit einem quietschenden Geräusch, dessen Echo im Raum nachhallt.

Du kannst deine Enttäuschung nicht verbergen. Du findest nichts außer einem **Buch** und einem **Feuerzeug.**

Vergiss nicht, die beiden Objekte in dein **Inventar** aufzunehmen!

Du kannst in 13 die **Halle** weiter erkunden oder die Räume betreten, die an die Halle grenzen.

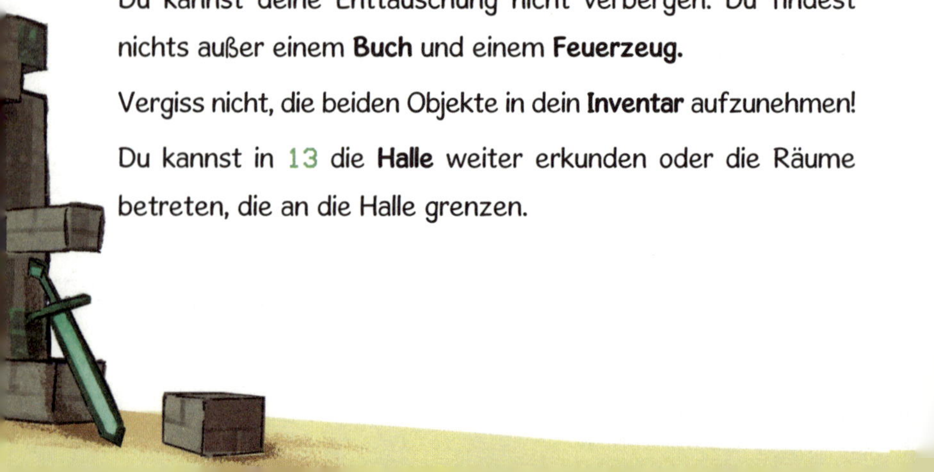

19

Der **Schreibtisch** in der Mitte des Raums ist **sehr interessant,** aber auch **sehr verstaubt.** Auf den ersten Blick scheint er lange nicht mehr benutzt worden zu sein.

Aber du erkennst auf dem polierten Holz einen Umriss.

– Oh! Sieht aus, als hätte jemand kürzlich **etwas Rechteckiges** auf diesen Schreibtisch gelegt! Du solltest dir die möglichen Kombinationen genauer ansehen. Ich bin sicher, du hast ein Objekt in deinem Inventar, das mit diesem **Schreibtisch** kombiniert werden könnte.

Wenn du keine geeignete Kombination finden kannst, erforsche in 35 die **Geheimarchive** weiter oder untersuche einen anderen Raum.

20

Du öffnest die Tür. Innerhalb einer Sekunde verstummt das Geräusch. **Ein Zombie** wirft sich auf dich! Gierig starrt er dich mit seinen leeren Augen an.

Schnell! **Du musst dich verteidigen!** Hast du vielleicht **eine Waffe oder etwas anderes** gefunden, das dir behilflich sein könnte?

Wenn das der Fall sein sollte, vergiss nicht, einen Blick auf die **Kombinationen** zu werfen. Wenn du kein Objekt besitzt, mit dem du dich verteidigen könntest, gehe zu 34.

21

Mit entschlossenem Schritt gehst du im Studierzimmer zu dem **Stück Stoff,** das auf dem Boden liegt. Sofort erkennst du, dass es ein Stück von **Alices** Mantel ist. Bei **Notch**! Dein Hals zieht sich zusammen.

Billy wirft dir einen **tröstenden** Blick zu:

– Ich bin mir sicher, dass Herobrine ihr nichts getan hat, **sei unbesorgt.** Wir müssen uns beeilen, sie zu finden und dann schleunigst von hier fliehen. Schau, da steckt ein Stück Papier in der Manteltasche!

IM HERZEN DES TEMPELS WIRST DU DEN
WÜRFEL DER MACHT BRAUCHEN!

– Das ist die Schrift von Alice!

Dir entfährt ein Seufzer. Offensichtlich versucht Alice, dir zu helfen. Drück die Daumen, dass es ihr gut geht.

In einer anderen Manteltasche entdeckst du **blaue Orchideen.** Übernimm sie in dein Inventar!

Du kannst **das Studierzimmer** in 30 weiter inspizieren oder einen anderen Ort erkunden.

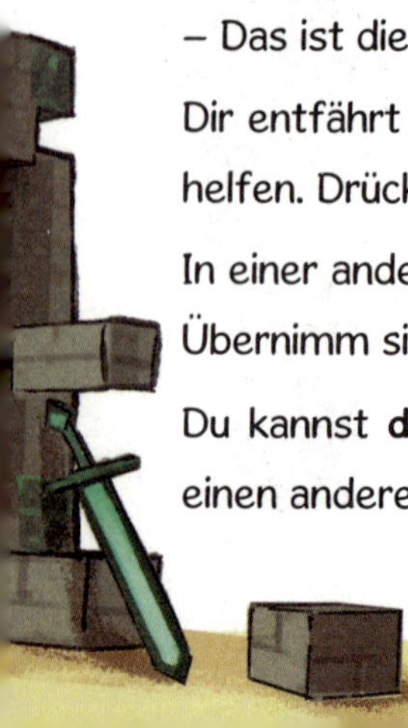

22

Achtung! Lies diese Beschreibung nur, wenn du den Zugang zu diesem Ort freigeschaltet hast! Sonst gehe dahin zurück, woher du gekommen bist!

Ein schmaler Gang führt zu dem neuen Raum. Verglichen mit denen, die du bisher besucht hast, ist er winzig. Nur eine **Fackel** liegt auf dem Boden. Obwohl alle Blöcke im Tempel unbeweglich sind, versuchst du immer noch, alles was du findest, in Besitz zu nehmen, und **ÜBERRASCHENDERWEISE** klappt es mit der Fackel. Sie ist nun in deinem Inventar! Glücklich über den neuen Fund – auch wenn er dir im Moment nicht weiterhilft –, kehrst du zum **Studierzimmer** zurück. Gehe zu **30**.

23

Du steckst den **kleinen Eisenschlüssel** in den **kleinen Würfel.** Nichts passiert. Billy hüstelt leicht:

– Ich glaube, dass das nichts bringt. Du solltest den Schlüssel wieder herausziehen.

Kehre zu 08 zurück und probiere eine andere Kombination aus.

24

Du stichst mit dem **Schwert** in den **Wandbehang,** aber nichts passiert. Er scheint **unzerstörbar** zu sein. Der Luftzug hinter dem Stoff ist immer noch spürbar. Du solltest zu 39 zurückkehren und nachschauen, ob du keine Informationen übersehen hast.

25

Achtung! Lies diese Beschreibung nur, wenn du den Zugang zu diesem Ort freigeschaltet hast! Sonst gehe dahin zurück, woher du gekommen bist!

Der neue Raum ist sehr hell. Es gibt keine Leuchter, sondern **Redstone-Lampen,** die von der Decke hängen. In der Mitte des Raumes entdeckst du eine **seltsame Apparatur.**

In deinem ganzen Leben als Dorfbewohner - und selbst als größter Krieger - hast du so etwas noch nie gesehen. Es ist ein sehr ausgefeilter Mechanismus auf einem Quarzblock, der **drei Quadrate** zeigt. Der mittlere ist **aus Eis.**

Als du einen Blick auf den **Tempelplan** wirfst, stellst du fest, dass du nicht genau weißt, wohin dieser Raum führt.

– Hoffentlich bringt uns dieser Raum zur **zweiten Ebene.**

Du schaust dir den Quarzblock etwas genauer an:

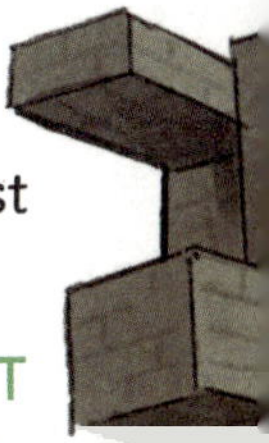

Auf einem kleinen Schild, das am Boden angebracht ist, kannst du den folgenden Satz lesen:

PLATZIERE DEN WÜRFEL, DEN DU HERGESTELLT HAST, IN DER MITTE. LASS DIE VEREISTEN SEITEN EINANDER BERÜHREN. TRETE ZURÜCK, SCHAUE HINAUF UND DU WIRST WISSEN, WOHIN DU GEHEN SOLLST …

Billy sagt sehr ernst zu dir:

– Also, das ist ein Rätsel, das für einen **MEGA-KRIEGER** bestimmt ist … Um es zu lösen, braucht man einen bestimmten Würfel. Hast du ihn gefunden?

Wenn das nicht zutrifft, solltest du weiter in 13 die **Halle** erkunden. Du kannst auch versuchen, den **Mechanismus in** 29 **in Gang zu setzen.**

26

Du legst das **Buch** auf die Platte des **Schreibtischs,** wodurch feine Staubpartikel aufgewirbelt werden. **Symbole** aus den Regalen der Bibliothek fliegen in den Raum und **füllen das geöffnete Buch. VERRÜCKT!** Ein Effekt, den du vom Zaubertisch kennst. Folgendes erscheint:

UM IN DIE ZWEITE EBENE ZU GELANGEN, MUSST DU DIE RICHTIGE FORMEL VERWENDEN UND DER DURCHGANG WIRD SICH ÖFFNEN …

Dann erscheinen mehrere Sätze in einer **offensichtlich sehr alten Sprache.**

– Du musst diesen Text übersetzen!

Das sollte dir helfen, weiterzukommen! Jedes **Symbol** entspricht einem **Buchstaben.** Schau dir die erste Zeile an: Das erste Symbol entspricht dem Buchstaben **W.** Dieses Symbol taucht ein paar Mal auf! Versuche, die Nachricht zu **entschlüsseln!** Gehe methodisch vor und beginne mit den Symbolen und Buchstaben, für die du bereits die Lösung kennst.

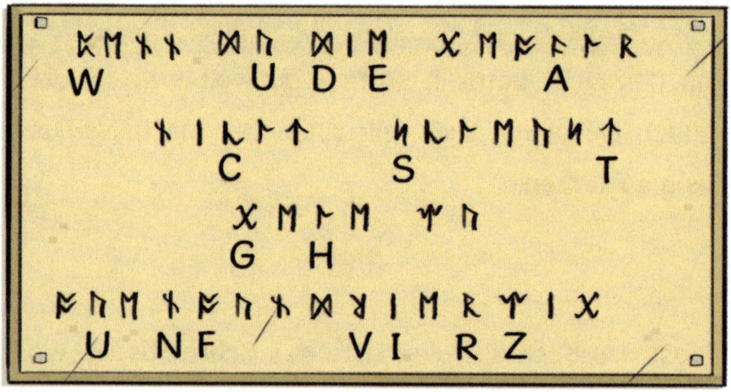

Wenn du dieses Rätsel nicht lösen kannst, erkunde in 35 die **Geheimarchive** weiter oder gehe an einen anderen Ort.

27

Du gehst zur Holztür in den **Geheimarchiven** und hörst ein **Geräusch** dahinter. **Das Geräusch kennst du,** aber es ist ziemlich gedämpft und du weißt nicht, woran es dich erinnert. Über der Tür hängt ein Schild. Wer hat es hier aufgehängt? Sehr seltsam ... Du bemerkst, dass **Billys Fell** sich **aufplustert.**

Möchtest du **die Tür öffnen?** Wenn ja, fahre mit 20 fort. Andernfalls kannst du die **Geheimarchive** in 35 weiter erkunden oder an einen anderen Ort gehen.

28

Du drehst dich zu **Billy** um, der dich **eindringlich** anschaut.

– **Was gibt's?,** fragst du ihn.

Beim Pixel! Du wirst dich nie daran gewöhnen, **mit einem Kater zu sprechen.** Billy sagt:

– Ich frage mich, wo uns **Herobrine** eingesperrt hat ... Dieser Ort scheint **sehr alt** zu sein ... und **voller Magie.**

Diese Frage verfolgt dich, seit du diesen Tempel betreten hast. Bevor du Zeit hast, etwas zu sagen, sagt Billy:

– Meiner Meinung nach muss dieser Ort vor **sehr, sehr langer** Zeit von **Zauberern** erbaut worden sein ... Die Flucht wird nicht einfach werden! Wir müssen sehr **vorsichtig** sein.

Zauberer? Wenn das so sein sollte, erklärt das, warum Herobrine der Einzige ist, der von hier entkommen konnte.

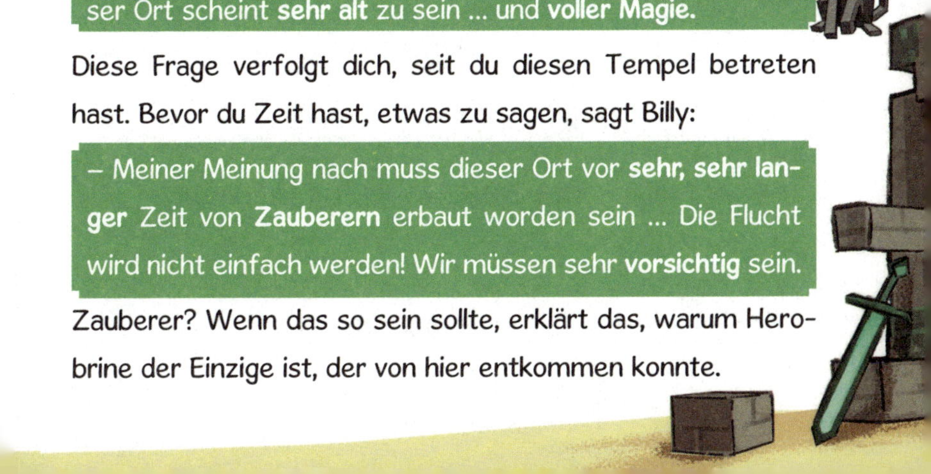

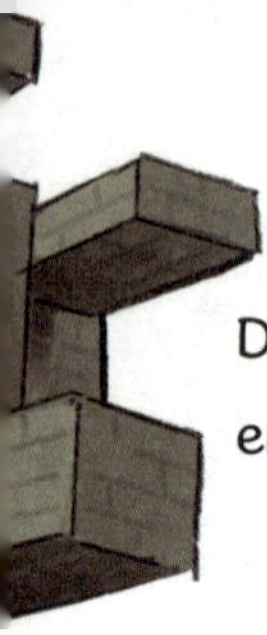

Du kannst das **Studierzimmer** in 30 weiter erforschen oder einen anderen Ort zum Erkunden auswählen.

29

Du wirfst einen **skeptischen** Blick auf die Apparatur.

Nach all dieser Zeit unter Wasser wird sie wahrscheinlich **nicht mehr funktionieren,** denkst du. Du beschließt, es **trotzdem zu versuchen,** alle Stellen zu berühren, alles zu drücken und sogar dem Quadrat aus Eis in der Mitte **einen Schlag zu versetzen.**

Plötzlich hörst du leise mechanische Geräusche!

- Jubel! Geschafft!

Doch noch während deines Freudenjubels **verschwindet** der Steinblock unter deinen Füßen und du fällst **in Lava.** Beim nächsten Mal solltest du etwas **geduldiger** vorgehen!

Dein Abenteuer endet hier. Zurück zu 03.

30

Im **Plan** wird dieser Raum als **Studierzimmer** bezeichnet.

Du siehst mehrere **Schreibtische** und eine Bibliothek.

Du kannst dir den Wandbehang in 39 näher anschauen. Wenn du das **Stück Stoff** untersuchen willst, gehe zu 21. Billy schaut dich eindringlich an. Wenn du mit ihm sprechen willst, gehe zu 28.

31

Du hältst das **Feuerzeug** an den **Wandbehang.** Dieser brennt sofort und in wenigen Sekunden vollständig ab. **Herzlichen Glückwunsch!**

Du siehst, wie die letzten Pixel in einer Rauchwolke verschwinden. Das Verschwinden des Vorhangs enthüllt **einen kleinen Durchgang,** der zu einem winzigen Raum führt. Du hast gerade den Zugang zum geheimen **Arbeitszimmer** entdeckt.

Du kannst es in 22 erkunden oder das Studienzimmer und die restlichen Räume dieser Ebene näher erforschen.

32

Du stellst den **Eimer mit Wasser** auf den **Schreibtisch.** Nichts passiert. Kehre zu 19 zurück, um etwas anderes zu probieren.

33

Du hast das Rätsel gelöst und einen Weg gefunden, um das **Diamantschwert** zu bekommen. Durch die Reflexion der Klinge entdeckst du einen **Knopf,** den du bisher nicht bemerkt hast.

GENIAL!

Du drückst darauf und das Schwert **fällt aus dem Rahmen** – eine hervorragende Waffe. Als du sie in der Hand hältst, **beruhigt** dich das sehr. Du weißt ja nicht, welche Schrecken in der Dunkelheit dieses Tempels noch auf dich lauern! Denk daran, das Schwert **in deinem Inventar zu vermerken.**

Du kannst dann die Erkundung der **Geheimarchive** in 35 fortsetzen oder an einen anderen Ort gehen.

34

Leider kannst du dich nicht gegen **den Zombie wehren.** Er schlägt mit lautem Grunzen auf dich ein und **du verlierst schnell das Bewusstsein.**

Dein Abenteuer endet hier. Zurück zu 03.

35

Du befindest dich in einem neuen Raum.

Der ist **mega-cool**, aber auch **mega-merkwürdig.** Es ist eine **riesige Bibliothek** und die Regale überragen deinen Kopf um ein Vielfaches. In deinem Plan siehst du, dass es sich um die **Geheimarchive** handelt.

In der Mitte scheint eine Säule die gesamte Struktur zu stützen. Es herrscht eine **fast schon bedrückende Stille.**

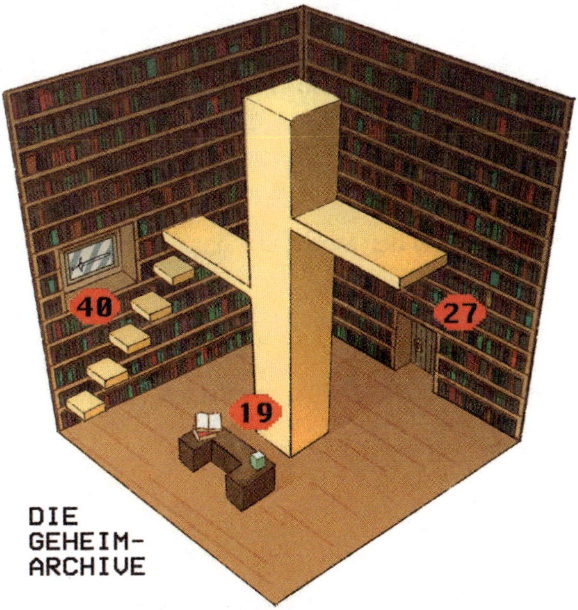

Vor der Mittelsäule steht ein **Schreibtisch,** den du in 19 inspizieren kannst. Rechts siehst du eine **Holztür,** die in 27 genauer

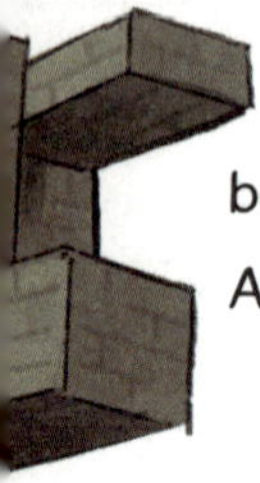

beschrieben wird. In 40 lenkt ein **glänzender Rahmen** deine Aufmerksamkeit auf sich.

36

Du greifst den **Zombie** mit dem **Feuerzeug** an. Leider ist das gegen einen Zombie keine wirklich aussichtsreiche Waffe. Er gerät in einen regelrechten **Rausch** und verpasst dir viele **kraftvolle** Schläge. Als **du bewusstlos wirst,** denkst du noch einmal an **Alice.**

Dein Abenteuer endet hier. Zurück zu 03.

37

Du stellst den **Würfel der Macht** auf das **Gerät,** aber es passiert **nichts.**

Du musst dich irgendwie vertan haben. Der Text besagt, dass **sich die vereisten Flächen berühren müssen.**

Gehe zurück und versuche etwas anderes.

38

Du näherst dich voller Hoffnung dem **kleinen Würfel.** Leider ist er **leer.**

Worte können nicht beschreiben, wie enttäuscht du bist.

Gehe zurück zu 10, um etwas anderes auszuprobieren.

39

Du näherst sich dem **Wandbehang,** in den **ein riesiges Symbol** eingewebt ist. Das erinnert dich an etwas, aber du bist dir nicht sicher. Vielleicht eine Flamme?

Du bemerkst einen **Luftzug** hinter dem Wandteppich, aber du kannst ihn nicht verschieben.

Es muss sicherlich einen Weg geben, **um ihn von der Wand wegzuziehen.** Sieh dir die Kombinationen an, die mit diesem **Wandbehang** möglich sind. Vielleicht könnte etwas in deinem **Inventar** damit kombiniert werden!?

Wenn du hier aber nichts ausrichten kannst, erkunde in 30 das **Studierzimmer** weiter oder durchstöbere einen anderen Ort.

40

Du steigst auf eine der **Stufen**, um zu sehen, was dort **GLITZERT.** Die Stufen **knarzen** unter deinen Füßen und deine Tritte hallen in der seltsamen Bibliothek wieder. Vor dir siehst du einen **Ausstellungsrahmen,** in dem du ein prächtiges, mit **Diamanten besetztes Schwert** entdeckst.

Du willst **schon jubeln** und einen **Siegestanz** aufführen! Dies ist die Art von Schwert, die du benötigst, um in diesem Tempel des Unglücks zu überleben!

Aber leider kommst du nicht an das Schwert heran. Du versuchst alles, um es in dein Inventar zu packen, aber es bleibt im Rahmen fixiert. **Nichts** in deinem Inventar kann damit **kombiniert** werden.

Als du das Schwert genauer betrachtest, entdeckst du eingravierte Zeichen:

UM DAS SCHWERT ZU BEKOMMEN, BRAUCHST DU NUR DIE HÄLFTE.

JOSHUALD DER GROSSE

Billy durchbricht die Stille:

– Die **Gravuren** auf dem **Griff** und der **Schwertklinge** sind wirklich faszinierend, oder? Lies noch einmal genau, was Joshuald sagt!

Wenn du das Rätsel nicht lösen kannst, kannst du zu den **Geheimarchiven** in 35 zurückgehen oder einen anderen Ort erkunden.

41

Als du den **Zombie** mit dem **Buch** angreifst, hält er für wenige Sekunden inne. Wenn er Augen hätte, würde er dich **überrascht** anschauen. Du hast den Eindruck, als ob er sich darüber **lustig macht,** dass du ihn mit einem solchen Gegenstand angreifst.

Er hämmert auf dich mit zahllosen Schlägen ein und in wenigen Sekunden **wirst du bewusstlos.** Wenn du nur eine **echte Waffe** hättest ...

Dein Abenteuer endet hier. Zurück zu 03.

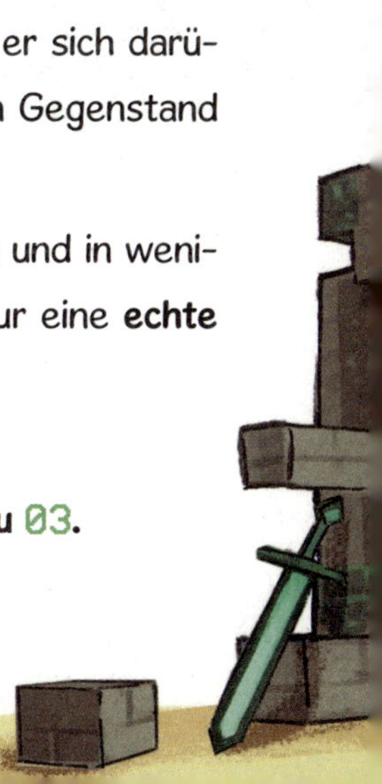

42

Mit dem **Buch** in der Hand näherst du dich dem **Wandbehang.** Leider stellst du schnell fest, dass **dieses Objekt dir hier nicht weiterhilft.** Du musst dich nicht einmal umdrehen, um einen Blick auf **Billy** zu werfen, der dich **seltsam amüsiert** ansieht.

Vielleicht hast du **noch etwas in deinem Inventar,** das dir helfen könnte? Du solltest besser zu 30 zurückgehen, um zu überprüfen, ob du keinen Hinweis übersehen hast.

43

Als du die Flamme des **Feuerzeugs** an den **Schreibtisch** hältst, wirft dir Billy einen **besorgten** Blick zu und ruft:

– Du willst ein **Feuer** in einer **Bibliothek** machen? Ich muss gestehen, dass ich mein Fell eigentlich behalten wollte. Du solltest etwas anderes ausprobieren ...

Möglicherweise befindet sich etwas in deinem Inventar, das besser geeignet ist, um mit diesem **Schreibtisch** kombiniert zu werden. Du solltest zu 19 zurückgehen, um zu überprüfen, ob du keinen Hinweis übersehen hast.

44

Du näherst dich dem **Mechanismus mit den drei Tasten.**

– Ein **Rätsel!** Wenn du meine Meinung hören willst, ist dies nicht das Einzige, auf das wir in diesem Tempel stoßen werden. Ich denke, wenn wir die **Lösung** finden, bekommen wir **eine Nummer, die uns sagt, wohin wir gehen sollen.** Wenn du bei einem Rätsel nicht weiterkommst, frag mich um Rat. Dafür musst du nur bis zum Ende des Buches zu A1 gehen. Na los! Schauen wir uns diese drei Tasten genauer an!

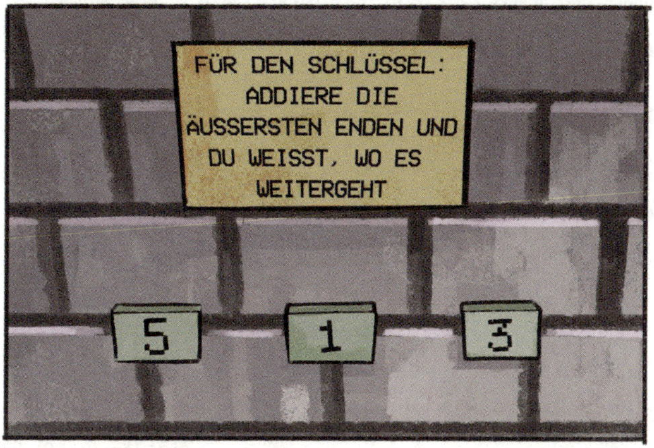

Du kannst auch zu 10 zurückgehen, um etwas anderes auszuprobieren.

45

Als du die entschlüsselte **Formel** mit lauter Stimme **aussprichst,** wird in den **Geheimarchiven** eine seltsame Magie freigesetzt. Der Boden beginnt zu wackeln und es erscheint

ein **blendendes Licht** in den Tiefen des Buches. Über der Kanzel der **Geheimarchive** erscheint ein **geheimnisvoller Würfel,** der sich langsam in der Luft dreht.

Verrückt! Du hast so etwas noch nie gesehen! **Es könnte eine Falle sein ...** Aber du kannst dem Drang nicht widerstehen, das Objekt zu fangen.

Gehe zum Ende des Buches zu A5, dann komm hierher zurück. Vergiss nicht, den Würfel in dein **Inventar** zu legen.

Nachdem du den Würfel in die Hand genommen hast, erscheinen auf dem Schreibtisch **Inschriften** und helle **Symbole.**

Du kannst sie in 07 genauer betrachten.

46

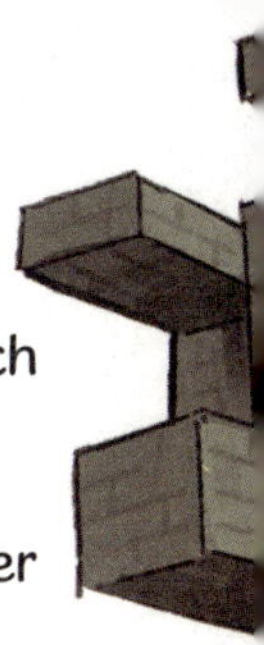

Dieses Fresko ist **wirklich gigantisch!** So etwas hast du noch nie gesehen! Wer das wohl gemalt haben könnte?

Es zeigt eine große Kampfszene einer Schlacht zwischen einer Armee von schrecklichen Monstern und den **Beschützern von Minecraftia.** Woher du das weißt? Weil die Beschützer in ihren grünen Rüstungen **SUPER-COOL** aussehen und Klasse haben.

– An diesem Fresko stört mich etwas. Aber ich kann die Pfote nicht darauf legen. Fällt dir nicht auch irgendetwas Außergewöhnliches auf?

Wenn du nichts Außergewöhnliches entdecken kannst, musst du einen anderen Ort besuchen. Gehe zurück zu 13.

47

Leider bist du in den Tiefen des **verfluchten Tempels gestorben.** Du musst dein Abenteuer **erneut beginnen.** Du kannst von vorn anfangen, wenn du glaubst, dass du etwas Wichtiges übersehen hast. **Lösche** anschließend alle Objekte, die du in deinem **Inventar** gesammelt hast.

Alternativ kannst du auch kurz vor dem Erreichen der **zweiten Ebene** bei 55 fortfahren. **Lösche** anschließend alle Objekte in deinem **Inventar,** die du gesammelt hast und die sich hinter dem **Eimer mit Wasser** in deinem Inventar befinden.

Viel Glück bei deinem neuen Abenteuer!

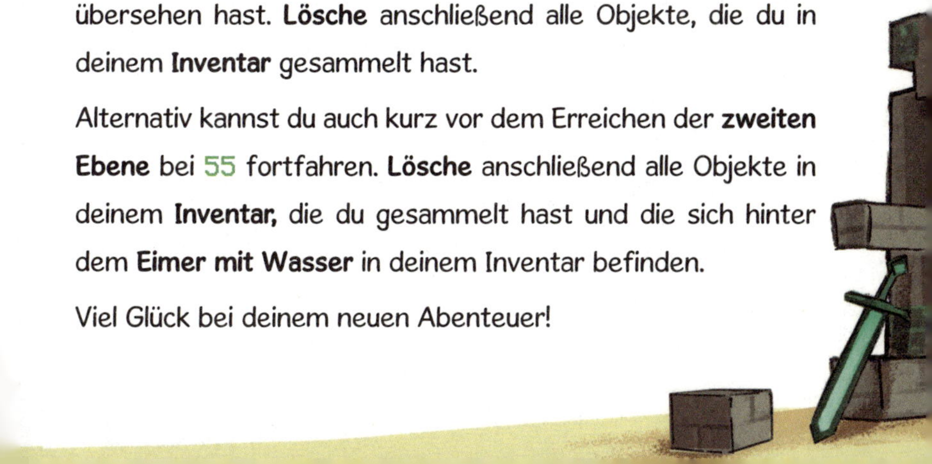

48

Du startest mit den **Holzklötzen.** Doch kurz vor dem Ziel ist kein Holzblock mehr in Sicht, auf den du springen kannst.

Du versuchst, mehr als zwei Blöcke weit zu springen, landest aber auf einem **Erdblock.** Plötzlich **verschwinden alle Blöcke** und du fällst in die Tiefe.

Du schlägst hart auf dem Boden auf und wirst bewusstlos.

Dein Abenteuer endet hier. Zurück zu 47.

49

Du steckst den **kleinen Eisenschlüssel** in das Schloss der **Eisentür**. Das Klicken eines Riegels ertönt.

SUPER! Du hast den Zugang zur **Halle mit den sechs Säulen erreicht.**

Du befindest dich in einem **riesigen, lichtdurchfluteten Raum.**

Du kannst ihn in 13 erkunden oder in einen der Räume gehen, die mit ihm verbunden und zugänglich sind.

50

Du näherst dich der **Eisentür.**

Durch das Gitter kannst du sehen, dass sie zu einem viel **größeren Raum** führt.

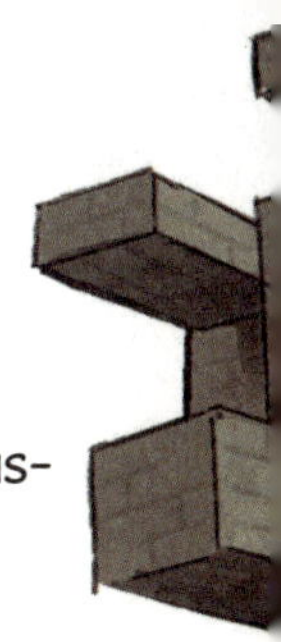

Leider ist die Tür **fest verschlossen.**

Du solltest besser zu 10 zurückgehen, um etwas anderes auszuprobieren.

51

Du schaust in den **Ofen** und entdeckst ein angesengtes Stück Papier. Du liest laut vor, was übrig geblieben ist:

- „... deshalb herrscht im Herzen des Tempels ein dunkler Schrecken, dem sich niemand jemals stellen möchte: der dunkle, der schreckliche, der wilde, verfluchte König."

KKKKKKNNNNNNUUUUUURRRRRR

– Das ist wahr, es gibt etwas, dem ich an diesem Ort wirklich nicht begegnen möchte! Wir sollten besser eine geeignete Ausrüstung finden, falls wir darauf stoßen sollten.

Du kannst das **Minerarium** in 58 weiter erkunden oder in einen anderen Raum gehen.

52

Du bist sicher, dass der **Eisenblock** die richtige Wahl ist. **Korrekt!** Vor dir taucht eine **Tür** auf. Du hast den Zugang zur **Schatzkammer** in 86 freigeschaltet.

Dein Herz macht einen Sprung und du wirst vollkommen **HYSTERISCH!** Wenn du Alice nicht nur rettest, sondern auch mit einem **Schatz** in das Dorf zurückkehrst, wird das ein **Triumph!**

Du kannst in diesen neuen Raum gehen oder deine Erkundung an anderer Stelle fortsetzen.

53

Je näher du dem Thron kommst, desto größer erscheint er dir. Er besteht aus Diamantblöcken, Gold und Eisen. **Billy** klettert auf den ersten Stufen herum und sagt:

– Schau mal! Der Thron wurde **beschädigt!** Es sind überall Spuren von Schwerthieben zu sehen. Und jemand hat **„Der Thron des verfluchten Königs“** in diesen Goldblock eingraviert.

Als Billy diese Worte sagt, hallt ein **schreckliches Geräusch** durch den ganzen Tempel:

KKKKKKNNNNNNUUUUUURRRRRR

– Ich möchte nicht wissen, wer dieses Geräusch verursacht! Und wenn es der **verfluchte König** ist?

Voller Angst achtest du gar nicht darauf, was Billy sagt, und untersuchst weiter den **alten Thronsaal** in 65. Du kannst aber auch einen anderen Raum erkunden.

54

Du springst auf die **Steinblöcke.** Doch schnell zeigt sich, dass es nicht weitergeht. Du beschließt, auf einen anderen Typ Block zu springen, in der Hoffnung, dass es trotzdem weitergeht. Plötzlich **verschwinden alle Blöcke** und du fällst in den Abgrund. Du schlägst hart auf dem Boden auf und wirst bewusstlos.

Dein Abenteuer endet hier. Zurück zu 47.

55

Achtung! Lies nicht weiter, bis du den Zugang zu diesem Ort freigeschaltet hast! Sonst gehe dahin zurück, woher du gekommen bist.

Du erreichst den ersten Raum auf der **zweiten Ebene.**

– Ta-taa! Die zweite Ebene!

Nun, sie ist nicht einladender als die erste! Wenn du der Meinung bist, dass du auf der **ersten Ebene** etwas übersehen hast, vergiss nicht, **dass du sie immer wieder von diesem Raum aus erkunden kannst.**

Du bist in einem **Raum ohne Boden.** Auf der gegenüberliegenden Seite des Raums siehst du eine **Tür.** Ein **MEGA-ABGRUND,** dessen Boden du nicht einmal vermuten kannst, trennt dich

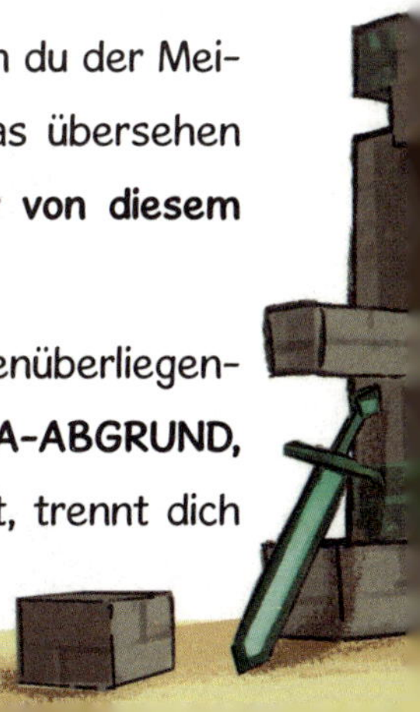

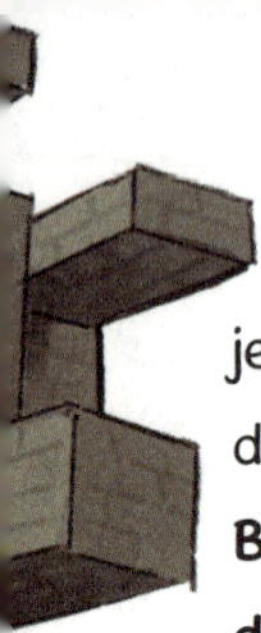

jedoch von dieser Tür. In der düsteren Atmosphäre erkennst du einige Blöcke, die in der Luft schweben. Du kannst **diese Blöcke** in 68 **etwas näher betrachten** oder versuchen, in 61 **in die Leere zu springen** – vielleicht ist der Abgrund ja doch nicht so hoch. Du kannst auch zurückgehen und die **erste Ebene genauer erkunden,** wie es **Billy** empfiehlt.

56

Dieser **Diamantschild** ist in diesem Tempel des Unglücks wahrscheinlich sehr nützlich. Also beschließt du, ihn dir zu nehmen, um dein **Inventar** zu erweitern.

Während du den Schild abnimmst, kommt vom Steinkrieger **ein grässliches Geräusch,** das dich erschauern lässt.

– Achtung, Minus!

Der Golem, dem du den Schild weggenommen hast, bewegt sich und **will dich angreifen.** Vorsicht! **Du hast keine Sekunde zu verlieren** und musst sofort reagieren!

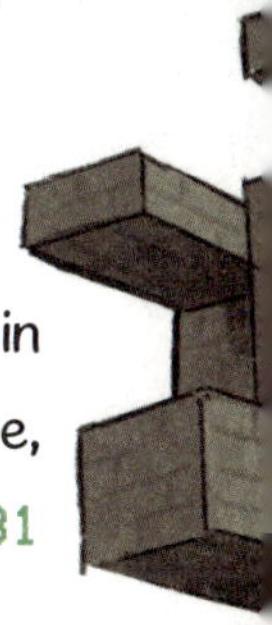

Du kannst einen Blick auf die **Kombinationen** werfen, die du in dieser Situation bilden könntest. Möglicherweise gibt es eine, die für dich nützlich ist. Andernfalls kannst du **versuchen,** in 81 **zu entkommen.**

57

Kaum hast du deine Hand auf den **Lapislazuli-Block** gelegt, als du **vom Blitz getroffen wirst. Das ist der falsche Block.** Du erinnerst dich: „Interessiere dich nicht für die Blöcke neben denen, die leuchten können." Na klar, **Redstone erzeugt Licht,** und der Lapislazuli-Block stand gleich daneben! **Du wirst bewusstlos.**

Dein Abenteuer endet hier. Zurück zu 47**.**

58

Achtung! Lies nicht weiter, bis du den Zugang zu diesem Ort freigeschaltet hast! Sonst gehe dahin zurück, woher du gekommen bist!

Du bist **begeistert** von dem, was du siehst. Die Wände des Raumes sind **voller Mineralblöcke** aller Art. Es gibt einige, die du kennst, einige, von denen du bereits gehört oder über die du etwas gelesen hast, und einige, die dir völlig **unbekannt** sind.

Es ist **GROSSARTIG!** Dieser Tempel ist wirklich unglaublich!

In einer Ecke des Raums steht ein **Ofen,** den du in 51 erkunden kannst. **Sechs seltsame Blöcke** stehen in einer Nische an der Stirnwand. Du kannst in 66 **einen Blick darauf werfen.**

59

Du legst deine Hand auf den **Smaragdblock** und sofort trifft dich ein Schmerz, wie du ihn noch nie zuvor gespürt hast. **Das ist der falsche Block.** Du erinnerst dich: „Der richtige Block ist nicht grün." Aber natürlich! **Der Smaragd ist grün,** er konnte es nicht gewesen sein ... **Du wirst bewusstlos.**

Dein Abenteuer endet hier. Zurück zu 47.

60

Auf der linken Wand siehst du **seltsame Inschriften.**

UM DAS ALCHEMIELABOR ZU BETRETEN, MUSST DU BEWEISEN, DASS DU WÜRDIG BIST!

VERVOLLSTÄNDIGE DAS RASTER UNTEN, SODASS DIE SYMBOLE NUR EINMAL PRO ZEILE, SPALTE UND QUADRAT AUFTAUCHEN.

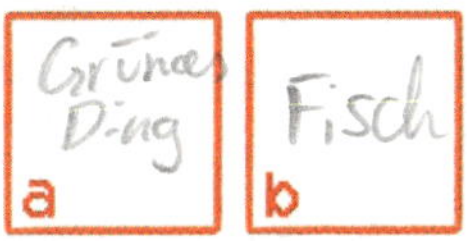

WENN DU FERTIG BIST, TRAGE DIE IN A UND B GEFUNDENEN SYMBOLE EIN.

UNTEN SIEHST DU, DASS JEDES SYMBOL EINER ZAHL ENTSPRICHT. A UND B WERDEN DIR SAGEN, WIE ES WEITERGEHT.

WENN DER ABSATZ, ZU DEM DU GEHST, DICH NICHT WEITERBRINGT, DANN NUR DESWEGEN, WEIL DU EINEN FEHLER GEMACHT HAST!

6 7 8 9

Wenn du das Rätsel nicht lösen kannst, setze die Erkundung des **alten Thronsaals** in 65 fort oder erkunde einen anderen Raum.

61

Du nimmst Anlauf, um **in die Leere zu springen.** Los geht's! Als **du in die Leere eintauchst,** beginnt sich der Raum um dich herum zu drehen. Du bist in der Dunkelheit gefangen, siehst und hörst nichts mehr.

Nach einem scheinbar **endlosen Fallen** schlägst du hart auf dem Boden auf und **wirst bewusstlos.**

Dein Abenteuer endet hier. Zurück zu 47.

62

Als du deine Hand auf den **Goldblock** legst, strömt eine volle Ladung Energie durch deinen Körper. **Das ist der falsche Block!** Du erinnerst dich: „Er steht ganz nahe neben dem Gold.“

Natürlich! **NEBEN!** Also kann der Goldblock nicht der richtige sein! **Du wirst bewusstlos.**

Dein Abenteuer endet hier. **Zurück zu 47.**

63

Als du dich dem **Braustand** näherst, stellst du fest, dass **gerade ein Trank** gebraut wird. Wie lange ist dieser Apparat schon hier?

Sicherlich lange ... aber der Trank ist noch **nicht fertig.** Alle Zutaten sind da, alles was dir zu tun bleibt, ist, sie in den Kolben zu schütten.

Man muss allerdings die **richtige Dosierung kennen!**

Du findest eine Notiz, die der Alchemist verwendet hat, aber sie ist unvollständig:

– Schau mal, Minus! Wir kennen den Wert für das Spinnenauge und für den Knochen. Wir müssen den Wert für die Feder finden, wenn wir den Trank fertigstellen wollen. Mit dem Ergebnis kannst du dann zu den entsprechenden **Absätzen gehen.** Es ist nur eine Lösung möglich. Wenn der Absatz dich nicht weiterbringt, hast du dich in der Dosierung geirrt! Komm zurück und fang noch einmal vorn an!

Wenn du das Rätsel nicht lösen kannst, kannst du das **Alchemielabor** in 104 **weiter erforschen.** Du kannst auch **einen anderen Teil des Tempels erkunden,** zu dem du Zugang hast.

64

Du **greifst** den **Golem-Krieger** mit deinem **Diamantschwert** an. Er ist nicht sehr schnell, sodass du ihm einen ersten Schlag verpassen kannst.

Doch bei deinem Hieb **verlierst du das Gleichgewicht.** Dieser Golem scheint **unzerstörbar** zu sein. Er nutzt den Überraschungseffekt, **um zurückzuschlagen.** Du kannst seinem Angriff nicht ausweichen und **wirst bewusstlos.**

Dein Abenteuer endet hier. Zurück zu 47.

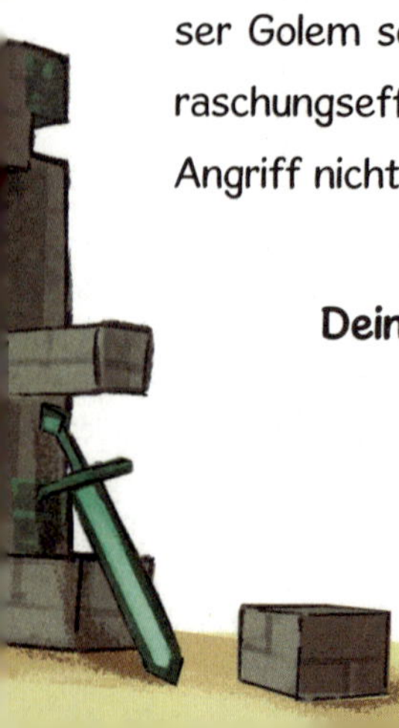

65

Achtung! Lies nicht weiter, bis du den Zugang zu diesem Ort freigeschaltet hast! Sonst gehe dahin zurück, woher du gekommen bist.

Du betrittst den **alten Thronsaal.** Ein seltsamer **Nervenkitzel** strömt durch jeden Pixel deines Körpers. Viele Dinge haben dich bereits in diesem Tempel überrascht, aber dieser Saal ist wirklich der Hammer! Sofort wird dir klar, dass in diesem Saal einst **ruhmvolle Krönungszeremonien** stattgefunden haben müssen. In der Mitte des Raumes steht ein **prächtiger Thron.** Er ist **GIGANTISCH!** Du fragst dich, wem er wohl gehört hat ...

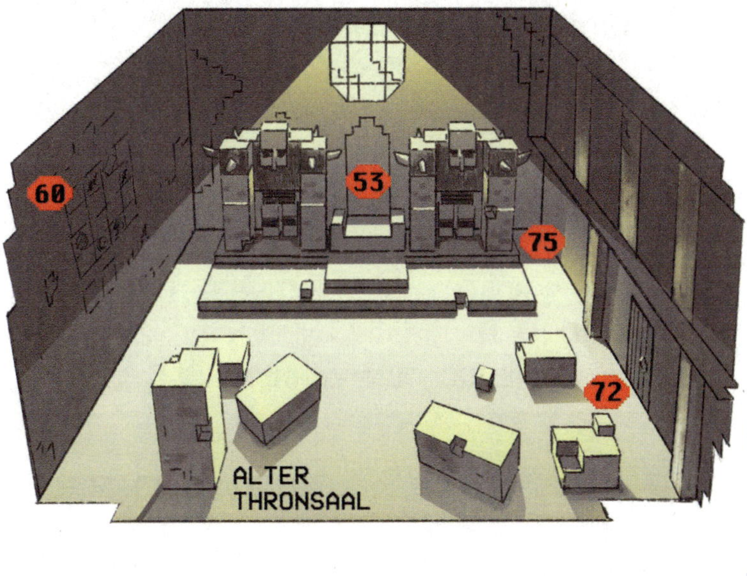

Zu beiden Seiten des Throns stehen **zwei Statuen,** die **Golem-Krieger** darstellen, die du in 75 untersuchen kannst. Du erkennst auch **merkwürdige Markierungen an der linken Wand,** die in 60 näher beschrieben werden. Wenn du **den Thron** untersuchen willst, gehe zu 53. Wenn Du die Tür auf der rechten Seite benutzen willst, gehe zu 72.

66

Du näherst dich der Nische, in der die **sechs Mineralienblöcke** stehen. Billy sagt:

– Ich habe schon Blöcke dieser Art gesehen. Sie sind **sehr, sehr** gefährlich! Du musst einen dieser sechs Blöcke auswählen und **anfassen,** um den Durchgang zu einem anderen Raum freizuschalten. Wenn du falsch liegst, ist es für uns vorbei, also wähle mit Bedacht! Hier sind die **Hinweise:**

DER RICHTIGE BLOCK IST NICHT GRÜN. ER STEHT NICHT UNTER DEM MATERIAL, AUS DEM MAN EIMER HERSTELLT. ER STEHT GANZ NAHE NEBEN DEM GOLD. ABER INTERESSIERE DICH NICHT FÜR DIE BLÖCKE NEBEN DENEN, DIE LEUCHTEN KÖNNEN.

Wenn du das Rätsel nicht lösen kannst, setze deine Erkundung im **Minerarium** in 58 fort oder erkunde einen anderen Raum.

67

Du beschließt, die **Fackel** zu verwenden, die du auf der ersten Ebene gefunden hast, **um den Raum zu beleuchten.** Es funktioniert großartig !

Du beleuchtest das **Minerarium,** in dem du bisher nichts sehen konntest! Du kannst den Raum nun in 58 erkunden. Du kannst aber auch andere Räume weiter erforschen. Wenn du später ins **Minerarium** zurückkehren möchtest, musst du nicht mehr zu 72 zurückkehren, sondern kannst direkt zu 58 zu gehen. Vielleicht solltest du dir diese Information notieren, damit du sie nicht vergisst.

68

Im ganzen Raum schwebt eine Vielzahl von Blöcken unterschiedlicher Art in der Leere. Nur mit ihrer Hilfe kannst du die Tür auf der anderen Seite erreichen.

Du siehst ein **Schild** mit einem Hinweis:

UM AUF DIE ANDERE SEITE ZU GELANGEN, MUSST DU VON BLOCK ZU BLOCK SPRINGEN. ACHTUNG! DU KANNST NUR AUF EINEN BLOCK DES GLEICHEN TYPS SPRINGEN, WIE DER, MIT DEM DU BEGONNEN HAST, SONST WERDEN ALLE BLÖCKE VERSCHWINDEN!

– Hui! Das wird nicht einfach! Wenn du mit einem Steinblock beginnst, darfst du weiterhin nur auf Steinblöcke springen.

Auf dem Schild steht, dass du dich nach vorn, hinten, rechts, links oder diagonal bewegen kannst – sei aber vorsichtig! **Du kannst nicht weiter als zwei Blöcke springen,** wie in dem Schema rechts zu sehen ist.

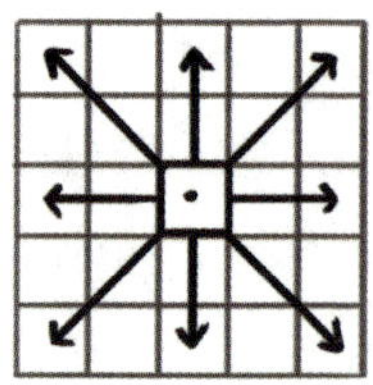

Hier sind die Möglichkeiten, auf die du von dem Block aus springen kannst, auf dem du stehst:

Wähle den Block aus, auf dem du starten willst und gehe danach zu der entsprechenden Nummer.

Du kannst dich aber auch **umentscheiden** und zurück zu 55 gehen.

69

Billy ist ein Kater! **Er kann bestimmt im Dunkeln sehen!** Du fragst ihn:

– Billy, du bist ein Kater, du kannst hier doch sicherlich etwas erkennen!

Stille.

– Billy?

Du hörst ein Räuspern. Dann beginnt Billy mit **leiser Stimme** zu sprechen:

– Nun, eigentlich … ähm … wie soll ich sagen … Ich bin ein Kater, der im Dunkeln nicht sehen kann.

Das verschlägt nun dir die Sprache. Insgeheim denkst du, dass dieser Kater ein echter **Noob** ist.

Du kannst eine **andere Kombination** mit dem **dunklen Raum** ausprobieren oder in den alten Thronsaal in 65 zurückkehren.

70

Als du deine Hand auf den **Quarzblock** legst, schwindet deine gesamte Energie sehr schnell. **Das ist der falsche Block!** „Er steht <u>nicht</u> unter dem Material, aus dem man Eimer herstellt." **Eimer erzeugt man aus Eisen,** und der Quarzblock stand direkt darunter! **Du wirst bewusstlos.**

Dein Abenteuer endet hier. Zurück zu 47.

71

Deine Wahl fällt auf die grünen **Erdblöcke.** Vorsichtig springst du auf den Ersten. Beim letzten Sprung wärst du fast auf

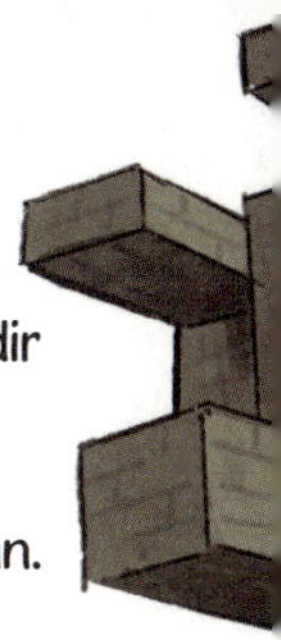

einem Holzblock gelandet. Dein Leben als Krieger zieht an dir vorbei! Das ist **gerade noch einmal** gut gegangen.

Du kommst schließlich auf der anderen Seite des Raums an. Damit hast du Zugang zu dem **alten Thronsaal** in 65.

72

Du betrittst einen neuen Raum, das **Minerarium.** Leider ist der Raum **dunkel wie die Nacht.** Du siehst nicht einmal das Ende deiner Pixel.

– Probier es doch mal mit einer **Kombination!**

Du kannst **diesem Rat folgen** oder zu 65 in den **alten Thronsaal** zurückkehren.

73

Als du deine Hand auf den **Redstone-Block** legst, hast du das Gefühl, dass dein ganzer Körper unter Starkstrom steht. **Das ist der falsche Block!** Du verstehst auch, warum: „Er steht ganz nahe neben dem Gold." Der Redstone-Block befand sich nicht neben dem Goldblock! **Du wirst bewusstlos.**

Dein Abenteuer endet hier. Zurück zu 47.

74

Wenn du das **Schwarzpulver** mit dem **seltsamen Trank** kombinierst, erhältest du einen **Wurftrank.** Füge diesen deinem Inventar hinzu!

> – Super! Du solltest versuchen, **ihn gegen die Tür zu werfen.**

Genau das tust du. Die Tür verschwindet in einem Blubber aus Pixeln. Du hast den **Zugang zu einem neuen Raum** in 95 **freigeschaltet.** Du hast gelesen, dass dies die **Galerie der Helden** ist. Du kannst direkt dorthin gehen oder einen anderen Raum erkunden.

75

Du entscheidest dich, einen genaueren Blick auf die **beiden Statuen** zu werfen. Sie erinnern an Steingolems, haben etwas seltsam Eigenartiges an sich. Billy raunt dir verblüfft zu:

> – Schau dir diese Statuen an! Da **sträubt sich mir das Fell.** Sie stellen Kriegergolems dar, die es heutzutage gar nicht mehr gibt. Man hat den Eindruck, dass sie sich jeden Moment bewegen könnten!

Das stimmt: Die Statuen **sind wirklich unheimlich.** Gruseliges Zeug! Du hast zwar schon viel gesehen, aber so etwas noch nie. Außerdem sehen sie vollkommen **unzerstörbar** aus.

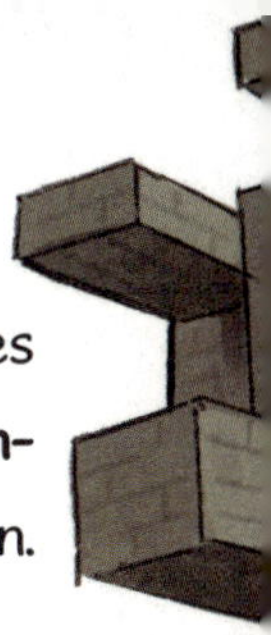

Einer von ihnen trägt ein **Diamantschild.** Du kannst versuchen, es in 56 zu ergattern. Andernfalls kannst du in 65 den **alten Thronsaal** weiter erforschen oder auch einen anderen Raum erkunden.

76

Du holst das **Schwarzpulver** heraus und erhoffst du dir, etwas Licht ins Dunkel zu bringen. Doch Billy bemerkt:

> – Willst du wirklich das **Schwarzpulver** verwenden? Ich weiß nicht, ob das eine gute Idee ist ... Selbst, wenn du es entzünden kannst - kannst du es dann auch **kontrollieren?** Nicht, dass uns hier alles um die Ohren fliegt ...

Ärgerlich! Aber als du darüber nachdenkst, musst du zugeben, dass Billy wohl recht hat. Du steckst das **Schwarzpulver** wieder ein.

Du kannst eine **andere Kombination wählen,** um den **dunklen Raum** zu erkunden oder in den **alten Thronsaal** zu 65 zurückkehren.

77

Als du den **grünen Knopf am Würfel drückst,** hörst du ein **mechanisches Geräusch.** Dann hörst du ein zweites Geräusch. Du verstehst in diesem Moment, dass es ...

BOOM!

Das war der falsche Knopf! Durch die Druckwelle der Explosion **wirst du bewusstlos.**

Dein Abenteuer endet hier. Zurück zu 47.

78

Du hast das Raster vervollständigt. Die Steinblöcke verschwinden einer nach dem anderen wie von Zauberhand.

Du hast den Zugang zum **Alchemielabor** in 104 freigeschaltet. Du kannst aber auch den **alten Thronsaal** in 65 weiter erkunden.

79

Du versteckst dich hinter dem **Diamantschild,** den du dem Krieger gerade weggenommen hast. Der Zorn des **Golems** scheint immer größer zu werden. Er plustert sich auf, stürzt auf dich los und stößt dabei tiefe, laute Schreie aus.

Angesichts der Wut der Kreatur ist der Schild eine schlechte Verteidigung. **Du wirst bewusstlos,** während der Golem auf dich einschlägt.

Dein Abenteuer endet hier. Zurück zu 47.

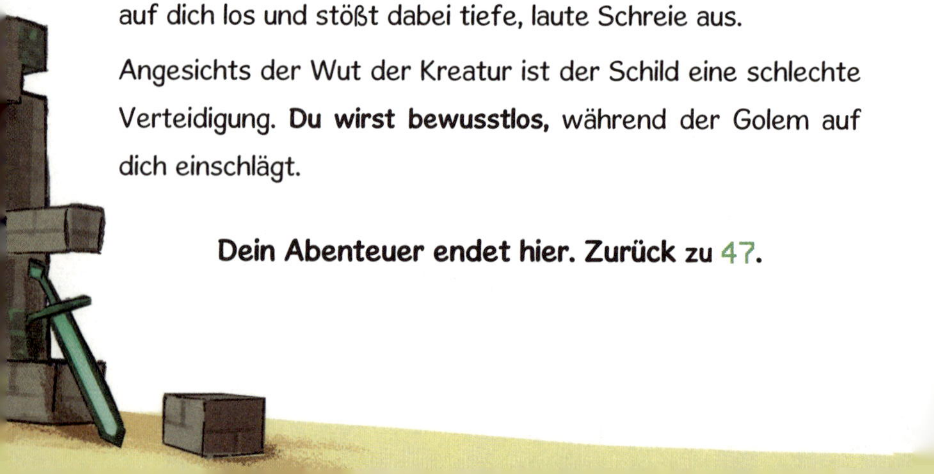

80

Auf dem **Gemälde** befinden sich viele merkwürdige Symbole und unverständliche Gleichungen. Du kannst jedoch einen Satz entziffern:

DER TRANK, DEN DU IN DIESEM RAUM ZUSAMMENBRAUST, WIRD DIR NÜTZLICH SEIN, ABER DU BRAUCHST SCHWARZPULVER.

Hast du eine Idee?

Du kannst zum **Alchemielabor** in 104 zurückkehren oder einen anderen Raum erkunden, zu dem du Zugang hast.

81

Dieser Golem ist **viel zu mächtig,** als dass es dir gelingen könnte, ihn zu besiegen. Auf jeden Fall nicht mit so wenig Ausrüstung. Du entscheidest dich, lieber **zu fliehen.**

Nach einigen Schritten **lächelst du** siegesgewiss, weil du den Eindruck hast, die Kreatur **abgehängt** zu haben. Aber plötzlich steht sie vor dir und du schlägst mit voller Wucht zu. Wie kann eine Kreatur aus Stein bloß so schnell sein?

Leider wirst du die Antwort auf diese Frage nie erfahren, weil der Golem dir einen **extrem kraftvollen Hieb** verpasst und **du bewusstlos wirst.**

Dein Abenteuer endet hier. Zurück zu 47.

82

Du drückst den blauen Knopf des schwebenden Würfels. Für eine Sekunde, die dir **endlos** scheint, passiert nichts.

ABSOLUT GAR NICHTS.

Dann bewegt sich der Würfel sehr langsam und bleibt an der Wand am Ende des Korridors hängen. Er öffnet sich wie eine Truhe und setzt eine **unglaubliche Energie** frei, die sich auf den Steinblöcken der Mauer ausbreitet.

Nach einigen Sekunden verblasst das Licht und gibt einen **dunklen,** von Obsidian umgebenen **Durchgang** frei.

Du hast damit den Zugang zu den **tiefen Kerkern** in 98 freigeschaltet. Billy spricht zu dir:

– Ich möchte nicht den Pessimisten spielen, aber dies ist der letzte **Raum des Tempels. Alice** ist sicherlich da, aber ich fürchte, sie ist nicht allein. Ich hoffe, du bist wirklich gut vorbereitet und hast deine komplette **Ausrüstung gefunden.** Wenn dies nicht der Fall ist, kannst du den Tempel weiter erkunden oder tatsächlich zu 98 gehen.

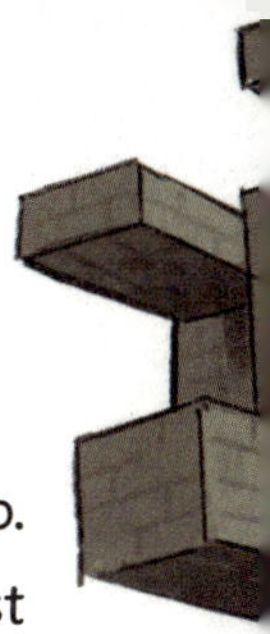

83

Du stellst den **Würfel der Macht** korrekt auf der Abbildung ab. Sofort erzeugt der Boden ein **intensives Licht** und du musst deine Augen schützen.

Vor dir erscheint ein Tisch, auf dem ein **Diamanthelm** ruht. Du beschließt, ihn deinem **Inventar** hinzuzufügen.

Du durchbrichst die Stille:

- Der wird sehr nützlich sein!

– Ja, ich denke auch, wir sollten uns vorberei ...

Billy hat keine Zeit, den Satz zu beenden.

KKKKKKNNNNNNUUUUUURRRRRR

Ihr werft euch **besorgte Blicke** zu.

Du kannst den Tempel nun weiter erkunden.

84

Du springst auf einen Steinblock, der leicht über der Lava schwebt. Du springst immer weiter und kommst am Ende der Schatzkammer an. **Doch hier gibt es nichts!** Kein Ausgang!

Du willst auf den Blöcken zurückspringen, doch aus der Lava erhebt sich **Glut** und zündet deine Kleidung an. Voller Panik

bleibt dir nichts anderes übrig, als in die Lava zu springen, in dem schon der Schatz verschwunden ist. **Du wirst bewusstlos.**

Dein Abenteuer endet hier. Zurück zu 47.

85

Vorsichtig kombinierst du den **seltsamen Trank** mit den **blauen Orchideen.** Dies erzeugt ein leises „Pof!“ Und dann nichts.

Der Trank **ist nicht zu einem Wurftrank** geworden, aber du fragst dich, ob er nicht vielleicht andere Eigenschaften hat. Vielleicht kannst du ihn trinken und **so die Tür passieren?**

Billy bemerkt zu deiner Idee:

– Nach all den Seltsamkeiten, die wir bisher gesehen haben, könnte es auch durchaus sein, dass der Trank **tödlich** ist! Sei sehr vorsichtig ...

Du kannst den **seltsamen Trank,** zu dem du eine **Orchidee** hinzugefügt hast, in 92 trinken oder zu 99 zurückkehren und eine andere **Kombination** probieren.

86

Achtung! Lies nicht weiter, bis du den Zugang zu diesem Ort freigeschaltet hast! Sonst gehe dahin zurück, woher du gekommen bist.

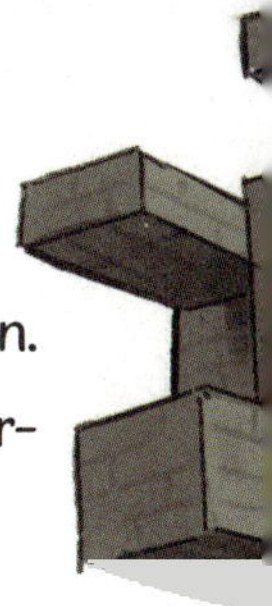

Du bist völlig **überwältigt,** in einer **Schatzkammer** zu stehen. Angesichts der Größe dieses Tempels erwarten dich wahrscheinlich **unzählige Smaragde und seltene Gegenstände.**

Doch in der Kammer ist: **NICHTS!** Und schon gar **kein Schatz!** Der Raum ist voller **Lava.** Die dekorative Glas- und Steindecke, die einst die kochende Flüssigkeit enthielt, ist vollkommen zerbrochen und du kannst dir vorstellen, dass der Schatz, den du dir hier erhofft hast, mit einem **„sssshhhh"** in den **Rauchschwaden** verschwunden ist.

– Ich glaube nicht, dass wir diesen Raum durchqueren können! Es sei denn, du hättest **Wasser**, womit du die Lava in Obsidian verwandeln könntest …

Wenn du einen **Wassereimer** hast, kannst du versuchen, ihn in 93 zu verwenden. Du kannst auch **versuchen, auf die Blöcke zu springen,** die über der Lava schweben, um den Raum zu durchqueren. Gehe zu 84. Andernfalls kannst du die Erkundung der zweiten Ebene vom **Minerarium** aus in 58 fortsetzen.

87

Es muss einen **anderen Ausweg** geben!

Genau wie Billy **suchst du überall,** während du den Sandblöcken ausweichst, die von der Decke fallen. Du erkennst sehr schnell, **dass du in der Falle steckst.** Alice hat von Musik gesprochen … Du musst irgendetwas übersehen haben, was nützlich sein könnte.

Der Tempel zittert und wackelt und bricht schließlich über dir zusammen. **Du wirst bewusstlos.**

Dein Abenteuer endet hier. **Zurück zu 47.**

88

Der schwebende Würfel im hinteren Teil des Raums verbirgt ein neues **Rätsel.**

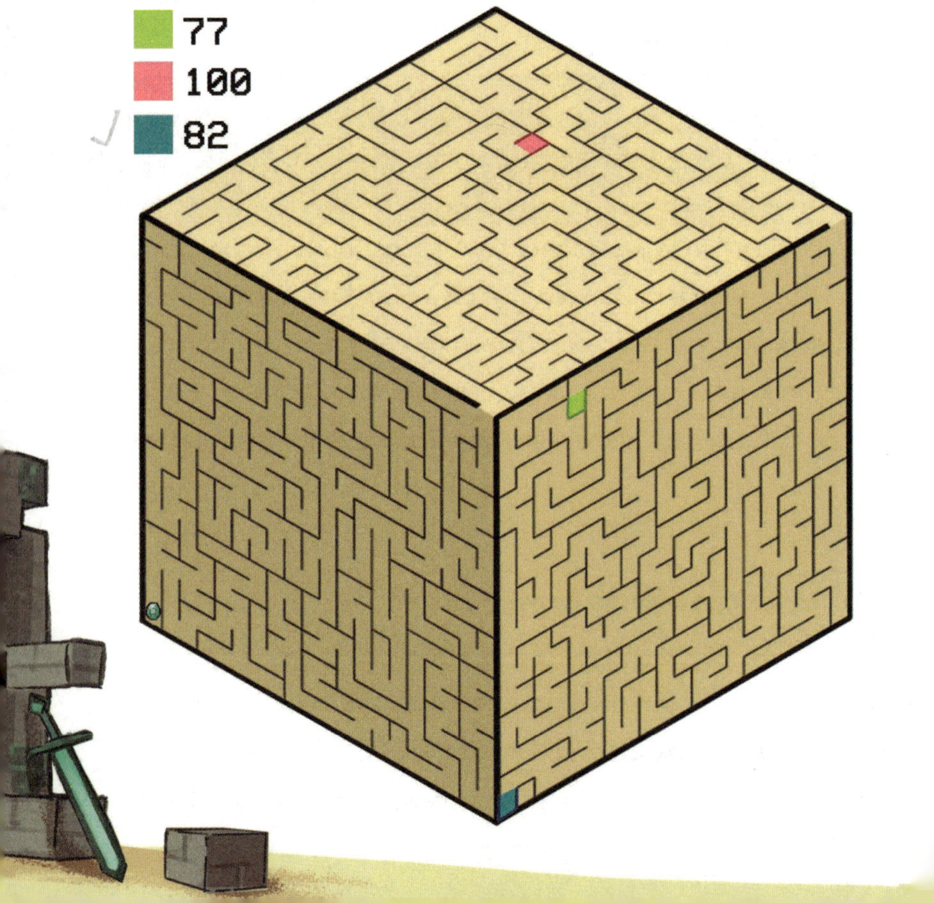

Es ist absolut faszinierend: Jede Seite des Würfels ist ein **Labyrinth.** In einer Ecke steckt ein **Smaragd** fest. Auf drei Flächen des Würfels entdeckst du jeweils einen Knopf. Du erhältst folgenden Hinweis:

UM DEN SMARAGD ZU BEFREIEN, MUSST DU DEN RICHTIGEN AUSGANG FINDEN UND AUF DEN RICHTIGEN KNOPF DRÜCKEN!

SO KANNST DU DIE KERKER ERREICHEN.

ABER SEI VORSICHTIG! WÄHLE WEISE, DENN WENN DU DICH IRRST, WIRST DU ES BEREUEN.

– Minus! Es gibt **drei Knöpfe.** Jeder bezieht sich auf einen Ausgang. Du musst versuchen, den richtigen Weg zu finden, um zu erkennen, auf welchen Knopf du drücken musst!

Wenn du das Rätsel des Labyrinths nicht lösen kannst, kehre zur **Galerie der Helden** in 95 **zurück** oder erkunde **den Rest des verfluchten Tempels.**

89

Was vom **verfluchten König** übrig bleibt, verschwindet in einer Wolke aus **Silberpartikeln,** die im ganzen Raum schweben.

Der Tempel fängt an zu **beben** und du hast den Eindruck, dass er gleich in sich zusammenfallen wird!

Du rennst zu Alice und hebst sie vom Boden auf. Sie ist wirklich **sehr schwach.** Nach einem kurzen Rundgang durch die Kerker sagt Billy:

– Minus! **Wir sind gefangen,** es gibt hier keinen Ausgang! Der Tempel wird über uns zusammenbrechen!

Das Wackeln wird immer **heftiger.** Die ersten Sandblöcke fallen zu Boden. Dann flüstert Alice:

– **Musik!** Minus! Nur Musik kann uns retten.

Dann wird sie wieder ohnmächtig. Ihr Rat hört sich **seltsam** an, aber **du weißt, dass du Alice vertrauen kannst.**

Wenn du einen **Plattenspieler** besitzt, gehe zu 106, andernfalls zu 87.

90

Alice hat Musik erwähnt. Dafür muss es einen Grund geben! Du nimmst den **Plattenspieler,** der sich in deinem Inventar befindet. Der verfluchte König sieht das Objekt, **flippt aus** und stößt furchtbare Schreie aus.

– Wenn du mich fragst: Er mag keine Musik.

Kaum erklingen die ersten Töne, **zieht der König sein Schwert** und der Boden erzittert unter seinen Schritten. Eine seltsame

Melodie dringt durch die **Tiefen des Kerkers.** Während du den Schlägen des Königs auszuweichen versuchst, bittest du **Notch,** dass du mit heiler Haut davonkommst.

– Minus, schau! **Da ist ein Durchgang!** Das hat bestimmt mit der Musik zu tun.

Leider **stolperst du** über eine Steinplatte, die aus dem Boden ragt.

Der Schatten des verfluchten Königs kommt bedenklich näher. Er hat dich eingeholt und schwingt seine unglaubliche Waffe, die dich sofort trifft. **Du wirst bewusstlos.**

Dein Abenteuer endet hier. Zurück zu 47.

91

Du wählst die **Diamantblöcke,** doch nach ein paar Sprüngen stellst du fest, dass du die andere Seite des Raums so nicht erreichen kannst.

Deine Sprünge führen dich jedoch zu einer Seite des Raums, wo du einen **Durchgang** entdeckst. Du kannst ihn in 103 weiter erkunden oder zurückspringen, um einen anderen Blocktyp zu wählen und zu 68 zurückkehren.

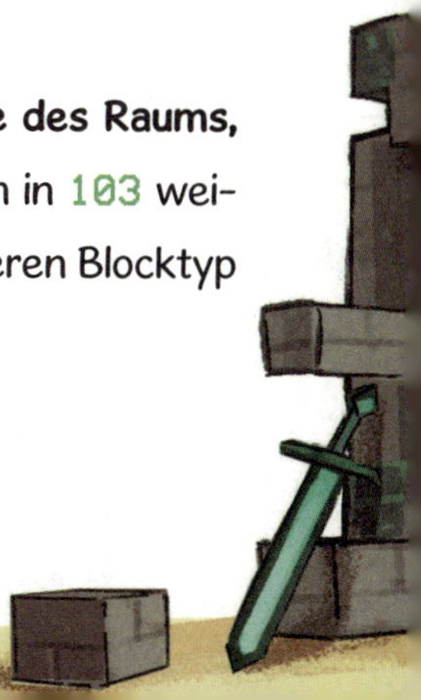

92

Du beschließt, den **seltsamen Trank** zu trinken. Schon nach dem ersten Schluck beginnt sich alles um dich herum zu drehen. Du erinnerst dich an die Lektion: Trinke niemals einen Trank, dessen Rezeptur du nicht kennst (vor allem nicht, wenn er Spinnenaugen enthält)! Du lagst falsch und hast ein starkes Gift getrunken. **Du wirst bewusstlos.**

Dein Abenteuer endet hier. Zurück zu 47.

93

Mit dem **Eimer** in der Hand gießt du das Wasser in die Schatzkammer, um den **Weg frei zu machen.** So seltsam und fantastisch es auch klingen mag: **Der Eimer scheint nie leer zu sein.**

An der Rückseite des Raums angekommen, stellst du fest, dass es dort keine Tür gibt. Während du dich auf die Rückkehr vorbereitest, entdeckst du einen **Steinblock in der Lava.** Du näherst dich ihm und entdeckst **seltsame Symbole:**

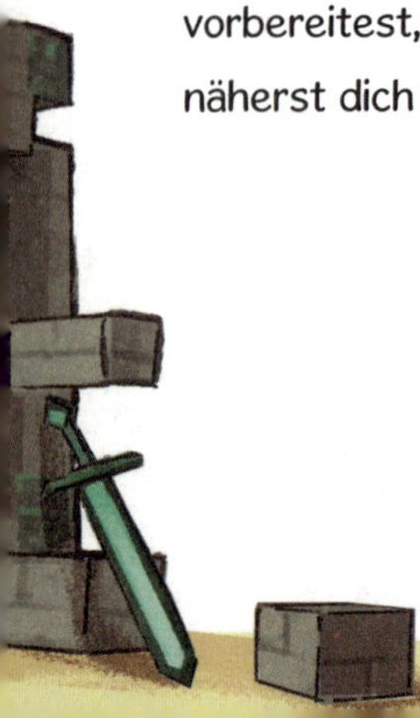

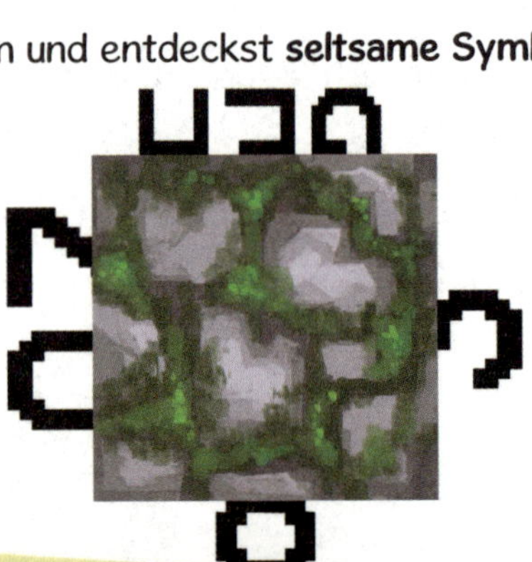

Dazu gibt es folgenden Text:

PLATZIERE DEN WÜRFEL DER MACHT SO, DASS GENAU DIE FLÄCHE DES WÜRFELS AUF DEM QUADRAT STEHT, DAS DER ABBILDUNG ENTSPRICHT.DREHE DEN WÜRFEL, BIS DIE SYMBOLE ZUSAMMENPASSEN. SCHAU DIR DEN WÜRFEL VON OBEN AN UND LIES GEGEN DEN UHRZEIGERSINN, VON OBEN BEGINNEND. DU WIRST WISSEN, WOHIN DU GEHEN SOLLST.

– Die **Rätsel** des Tempels werden immer schwieriger! Beeilung! **Alice** ist nicht mehr weit! Erinnere dich an ein anderes Rätsel! Du musst den Würfel wie oben beschrieben platzieren! Diese **Symbole an den Seiten ...** Ich bin mir sicher, dass es auf dem Würfel passende Symbole gibt!

Es ist **nur eine Lösung möglich.** Wenn der Absatz, zu dem du gehst, nichts ergibt, dann, weil du irgendwo einen Fehler gemacht hast.

Wenn du das Rätsel nicht lösen kannst, **kannst du auch die zweite Ebene weiter erkunden.** Denke jedoch daran, **diesen Absatz 93 zu notieren,** um später darauf zurückzukommen.

94

Nachdem du den **Würfel** richtig zum Spiegel platziert hast, verändert sich der Raum. Es ist, als wäre ein **Zauber,** der bisher in den **Tiefen der Kerker** verborgen war, verschwunden.

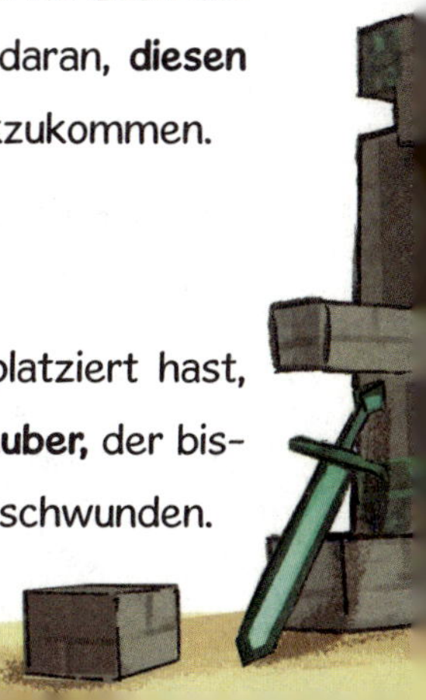

Der Raum ist nur dürftig beleuchtet, aber du kannst mit Eisengittern und blutrotem Netherrack verschlossene Zellen entdecken. Der Geruch hier ist ekelerregend. Dennoch kommst du langsam vorwärts, deine Sinne sind geschärft. **Ein Umriss am Boden** zeichnet sich vor dir ab.

– **Alice!** schreist du laut.

Du rennst zu ihr. **Sie ist sehr schwach.** Sie schaut dich an und flüstert:

– **Pass auf den verfluchten König auf, Minus!** Kämpfe nur, wenn du bewaffnet bist! Musik … Vergiss die Musik nicht!

Dann wird sie in deinen Armen ohnmächtig.

Du versuchst sie zu schütteln, als …

KKKKKKNNNNNNUUUUUURRRRR

– Minus, hinter dir!!! Der VERFLUCHTE KÖNIG!

Du drehst dich um und siehst eine **abscheuliche Kreatur.** Sie ist **ZWEIMAL so groß wie du** und trägt eine Rüstung, die uralt sein muss. Du kannst ihr Gesicht nicht erkennen, aber **zwei glühende Augen** sind auf dich gerichtet!

Wenn du das **Diamantschwert** und die **beiden anderen Diamantausrüstungen** hast, **kannst du es wagen, gegen ihn zu kämpfen.** In diesem Fall gehe zu 97. Alice hat gerade über **Musik** gesprochen! Wenn der Plattenspieler in deinem Inventar ist, kannst du versuchen, ihn in 90 zu verwenden. Oder versuche in 102 mit der bewusstlosen Alice in deinen Armen **zu fliehen.**

95

Achtung! Lies nicht weiter, bis du den Zugang zu diesem Ort freigeschaltet hast! Sonst gehe dahin zurück, woher du gekommen bist.

Die **Galerie der Helden,** in der du ankommst, ist eher ein langer Korridor. Früher muss er sehr prunkvoll gewesen sein.

Auf beiden Seiten befinden sich mehrere **Altäre und Fresken** und in der Mitte bedeckt ein langer Teppich den Boden. Dieser Ort wurde sicherlich zu Ehren von vor langer Zeit gefallenen Helden und Kriegern errichtet.

Inzwischen befindet sich die Galerie aber **in einem schlechten Zustand.** Mehrere Altäre liegen, in einzelne Steinblöcke zerschmettert, im ganzen Raum herum.

Du kannst **einen Blick auf die Säulen und Fresken des Raums** in 101 **werfen.** Am Ende des Korridors siehst du einen **Würfel, der über dem Boden zu schweben scheint,** du kannst dich ihm in 88 nähern. Andernfalls kannst du die Erkundung fortsetzen und einen anderen Raum des verfluchten Tempels erkunden.

96

Du mischst etwas **Wasser** mit dem **seltsamen Trank.**

Nichts passiert ...

Gehe lieber zu 99 zurück, um eine andere **Kombination** auszuprobieren, oder prüfe, ob du **einen Hinweis** vergessen hast.

97

Den **verfluchten König** zu bekämpfen, wird nicht einfach sein, aber du hast dich dazu entschieden!

– Willst du WIRKLICH gegen ihn kämpfen? Du bist verrückt! Ich hoffe, dass du deine Diamantausrüstung hast, sonst wirst du am Ende als Brei enden!

Als du dich ihm stellst, fängt der König an zu **knurren** und seine roten Augen fixieren dich. Ohne Vorwarnung **stürmt er los** und schwingt sein Schwert.

Du bist auf seinen ersten extrem kraftvollen Hieb vorbereitet. Zum Glück ist er im Nachteil: Du bist kleiner und schaffst es, ihm zwischen seinen Beinen zu entkommen. In einem **kriegerischen Tanz,** von dem du nie gedacht hättest, dass du dazu fähig wärest, versetzt du ihm zahlreiche Schwerthiebe.

Kein Schlag verletzt ihn allzu sehr, seine massive Rüstung schützt ihn, aber **nach und nach verringern sich seine Lebenspunkte.** Du gewinnst an Selbstvertrauen.

Der Sieg ist nahe, weil du jede Bewegung deines Gegners voraussiehst. Als du ihm den tödlichen Schlag versetzen willst, ändert der König seine Taktik und du kannst seinen Angriff

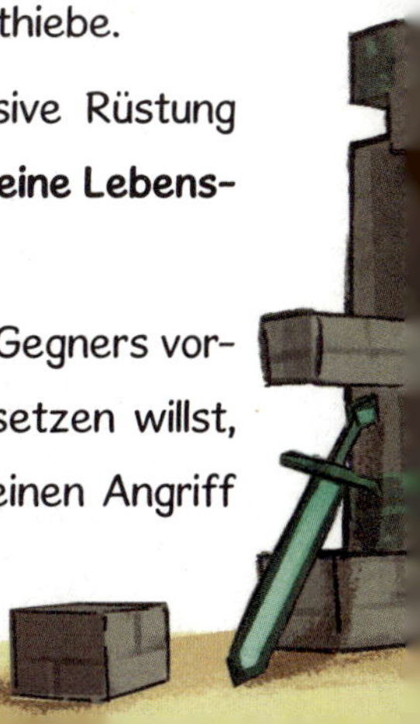

nicht kontern. Er schleudert dich zu Boden und rennt auf dich zu. **Dein Ende naht.** Zumindest ist es das, was du denkst, als du das **Ungetüm** auf dich zustürmen siehst. **Doch plötzlich greift Billy ein!** Er springt dem verfluchten König einfach aufs Visier und fährt dabei alle Krallen aus.

Dies ist die Ablenkung, auf die du gewartet hast! Du rennst mit voller Geschwindigkeit mit dem Schwert in der Hand los und verpasst dem verfluchten König den tödlichen Stoß!

Er bricht mit einem lauten Rasseln zusammen, stößt einen grauenvollen Schrei aus und fällt zu Boden.

Du hast den verfluchten König besiegt!

Alice! Schnell, sieh dir an, was in 89 passiert!

98

Achtung! Lies nicht weiter, bis du den Zugang zu diesem Ort freigeschaltet hast! Sonst gehe dahin zurück, woher du gekommen bist.

Du kommst endlich bei den **Kerkern** an. Du solltest froh sein, so nahe am Ziel zu sein, aber du bist **fassungslos.** Der Raum, den du gerade betreten hast, ist **VOLLSTÄNDIG LEER** und absolut **WEISS. NICHTS.** Nicht einmal der Schatten einer Fledermaus.

– Was zur Hölle ... Was ist das für ein Ort?

Du schaust dir den **Plan** genau an. Es handelt sich zweifelsfrei

um die **Kerker.** Du hörst ein Geräusch: Der **Durchgang,** den du gerade betreten hast, ist **verschwunden. Du kannst nicht mehr in die anderen Räume des verfluchten Tempels gehen.** Über dir erscheint **Herobrines** Gesicht:

- Du hast mehr Kraft, als gedacht, Krieger! Aber du steckst in den Kerkern fest. Du wirst es niemals schaffen, hier wieder rauszukommen! HA HA HA HA HA!

Dann verschwindet er.

Du stellst fest, dass eine Wand wirklich komisch aussieht. Ein Spiegel! Du hast bereits von dieser Art von Hexerei gehört, aber du hast sie noch nie zuvor gesehen ... Faszinierend!

Als du deine Hand auf das kalte Material legst, bemerkst du eine Gravur. Welcher Zauberer hätte auf so etwas Fragiles etwas gravieren können? **UNFASSBAR!** Der Text lautet:

DER AUSGANG IST IN DER NÄHE, ABER DER ZORN DES VERFLUCHTEN KÖNIGS IST UMSO GRÖSSER! RICHTE DEN WÜRFEL DER MACHT AUF DEN SPIEGEL! SCHAU DIR DIE KANTE AN, WO SICH HOLZ UND LAVA TREFFEN, DER SPIEGEL SAGT DIR, WOHIN DU GEHEN SOLLST!

– Minus, ich denke du **musst den Würfel vor den Spiegel stellen!** Die Lösung ist sicherlich eine zusammengesetzte Zahl auf den Seiten des Würfels!

Du steckst in den Tiefen des verfluchten Tempels fest. Wenn du überleben willst, **musst du dieses Rätsel lösen!** Andernfalls wirst du nie wieder das Licht der Sonne erblicken.

99

Du näherst dich der **geschlossenen Tür.** Du kannst sie nicht öffnen, auch wenn du all deine Kraft einsetzt.

Auf dem Schloss bemerkst du ein **merkwürdiges Symbol** mit einem kurzen Text:

VERGISS DEN HINWEIS AUF DEM
GEMÄLDE NICHT!

– Das Symbol erinnert dich doch an einen **Trank,** oder? Aber nicht an irgendeinen, er sieht aus wie ein **Wurftrank.** Wenn du einen seltsamen Trank gefunden hast, solltest du eine Kombination versuchen, um ihn in einen Wurftrank zu verwandeln. Wenn du keinen seltsamen Trank in deinem Inventar hast, wäre es besser, zu 104 zurückzukehren! Notiere dir aber die Zahl 99, um später wiederzukommen.

100

Du drückst auf den **rosaroten Knopf** und hörst ein Klicken. Du kannst dir einen Seufzer der **Erleichterung** nicht verkneifen.

Ein **Geräusch** aus dem Inneren des Würfels überrascht dich jedoch. Es erinnert dich an **TN ...**

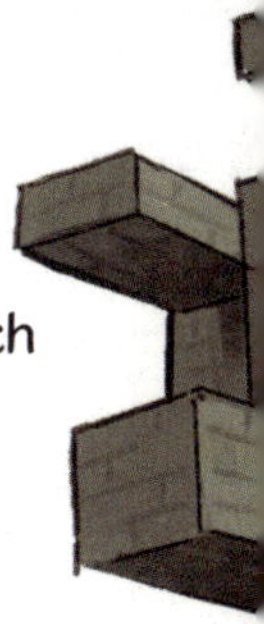

BOOM!

Du hast den falschen Knopf gewählt, was eine Explosion zur Folge hat. **Du wirst bewusstlos.**

Dein Abenteuer endet hier. Zurück zu 47.

101

Du beschließt, die Altäre und Fresken zu betrachten. Die Altäre befinden sich größtenteils in sehr schlechtem Zustand. Du vermutest, dass dies früher Skulpturen waren, die Helden repräsentierten. Du suchst weiter und findest am Fuße eines Altars einen **Plattenspieler.** Füge ihn deinem **Inventar** hinzu!

Die Fresken sind besser erhalten. Auf den meisten ist ein **Krieger mit glänzender Rüstung** zu sehen. Wenn du genauer hinsiehst, erkennst du, dass er eine **Krone** trägt.

Als du die Kunstwerke bestaunst, stehst du direkt vor einem **zerstörten Fresko.** Du siehst das Bild desselben Kriegers in einer triumphierenden Haltung, aber jemand hat es bekritzelt. Billy liest den auf dem Fresko hinterlassenen Satz vor:

MÖGE DER VERFLUCHTE KÖNIG NIE WIEDER DAS TAGESLICHT ERBLICKEN!

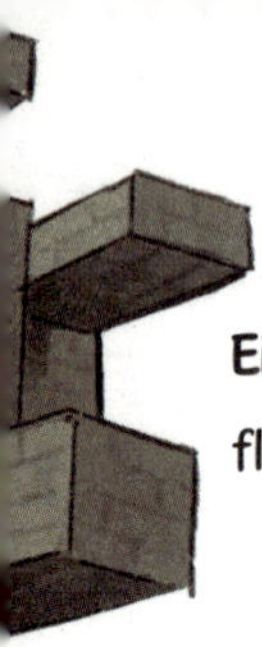

Ein Geräusch, lauter als je zuvor, erschüttert den ganzen verfluchten Tempel:

KKKKKKNNNNNNUUUUUURRRRRR

Du könntest schwören, Billy hätte laut geschrien.

Beunruhigt kannst du die Erkundung der **Galerie der Helden** in 95 fortsetzen oder woanders hingehen.

102

Du nimmst Alice in die Arme und **versuchst, aus den Kerkern zu fliehen.** Doch der **verfluchte König** jagt dich! Er grunzt furchterregend und schwingt sein **riesiges Schwert.**

Du erkennst, dass **es keinen Ausweg gibt! Du bist hier gefangen.** Ein wütendes Rumpeln hinter dir, und du spürst, wie dich der Schatten des verfluchten Königs einholt. Es ist, als **könntest du seinen Atem im Nacken spüren.**

Du hast keine Zeit, dich auf einen Kampf vorzubereiten, sodass er **mit all seiner Kraft auf dich einschlägt.** Wenn du nur eine **Diamantausrüstung** hättest, um gegen ihn zu kämpfen ...
Du wirst bewusstlos.

Dein Abenteuer endet hier. Zurück zu 47.

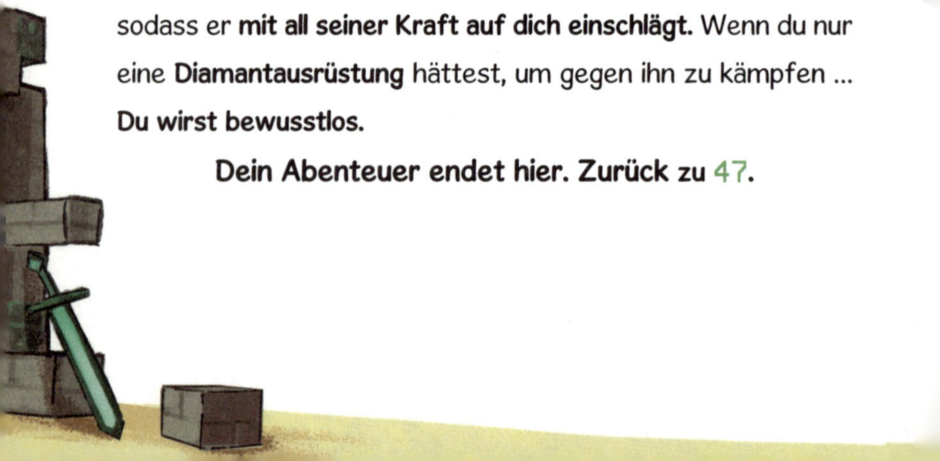

103

Achtung! Lies nicht weiter, bis du den Zugang zu diesem Ort freigeschaltet hast! Sonst gehe dahin zurück, woher du gekommen bist.

Du erreichst ein winziges Zimmer. Darin findest du **Schwarzpulver.** Füge es deinem **Inventar** hinzu.

Dann gehe vorsichtig zurück und wähle einen anderen Blocktyp aus, auf dem du weiterspringen möchtest.

104

Achtung! Lies nicht weiter, bis du den Zugang zu diesem Ort freigeschaltet hast! Sonst gehe dahin zurück, woher du gekommen bist.

Das **Alchemielabor** liegt vor dir. Es entspricht in etwa der Vorstellung, die du von einem solchen Labor hast: Ein mystischer Raum, in dem eine **gedämpfte Atmosphäre** herrscht und in dem viele **Geheimnisse** verborgen sind.

Du hast jedoch nicht **Hunderte von Tränken** aller Größen und Farben erwartet, die die vielen Regale an den Wänden füllen. Leider kannst du sie nicht sofort einsammeln.

Ein seltsames Gemälde ist voller seltsamer Kritzeleien, die du in 80 betrachten kannst. Es gibt auch einen **Braustand,** mit dem du dich in 63 beschäftigen kannst. Und dann gibt es noch eine **verschlossene Tür,** zu der du mehr Informationen in 99 findest. Du kannst aber auch die Erkundung der **zweiten Ebene** fortsetzen.

105

Plötzlich erinnerst du dich daran, dass die Golems in deinem Dorf den **Dorfbewohnern manchmal Blumen überreichten.**

Klasse Idee! Wenn du dem Golem **eine blaue Orchidee** gibst, bleibt er vielleicht stehen. **Es ist eine verrückte Idee** und du glaubst nicht, dass das funktionieren wird. Doch die Kreatur ergreift die Blume, stellt sich neben den Thron und **erstarrt.**

Eine **blaue Orchidee** gegen ein **Diamantschild!** Ein Trick, der noch nicht einmal etwas kostet! Das ist wirklich cool, denn du bist verrückt nach Sachen, für die du nichts bezahlen musst!

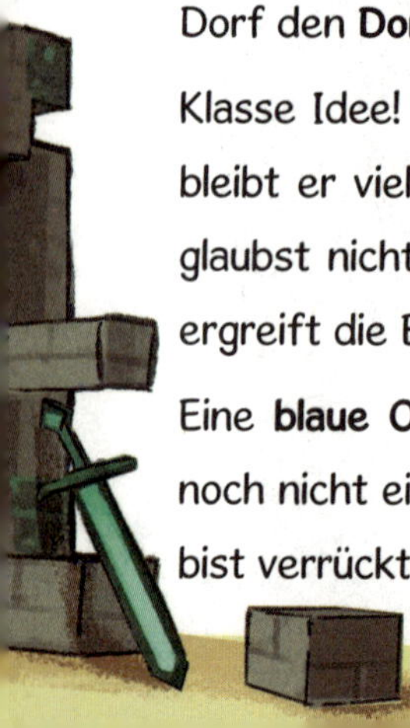

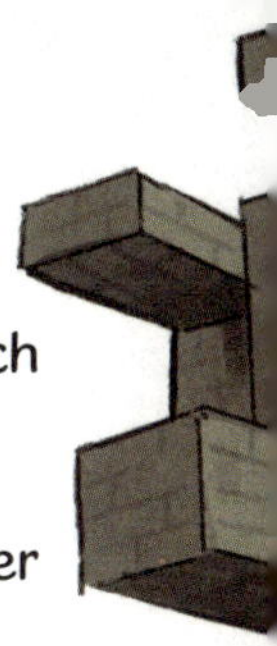

In deinen Gedanken bedankst du dich bei **Alice.** Schließlich hast du in ihrem Mantel die Orchideen entdeckt.

Du kannst den **alten Thronsaal** in 65 genauer erforschen oder einen anderen Raum weiter erkunden.

106

Du nimmst den **Plattenspieler** aus deinem Inventar und **lässt Musik laufen.**

Eine **seltsame Melodie** dringt durch die Kerker. Sie erscheint dir gleichermaßen traurig wie mitreißend. Ein extrem talentierter Barde mit großem Talent muss sie komponiert haben, weil du das Gefühl hast, dass sie **voller Magie** ist.

– Minus, schau! Dort hinten ist ein **Durchgang!** Wir müssen schnell dorthin!

Ohne nachzudenken, nimmst du Alice in deine Arme und läufst dem Kater hinterher. Es ist ein merkwürdiger Durchgang, der in Dunkelheit getaucht ist, aber die Besonderheit hat, **nach oben zu führen.**

Um dich herum wackelt alles weiter und du hörst seltsame Geräusche. **Der verfluchte Tempel stürzt ein!**

Endlich siehst du Licht und rufst:

- Billy! Es ist der Ausgang! Beeil dich, bevor wir hier stecken bleiben!

Du hast fast keine Kraft mehr, aber **ihr schafft es trotzdem, aus dem Tempel zu entkommen.** Der Durchgang führt an der Oberfläche zu einem **Sandstrand.**

Der verfluchte Tempel versinkt im Wasser und verursacht ein leichtes Erdbeben. Du stellst **Alice** auf die Beine und schiebst eine Haarsträhne zurück, die ihr ins Gesicht gefallen ist. Sie ist immer noch bewusstlos, aber zumindest **ist sie in Sicherheit!** Du kannst dich im Dorf um sie kümmern.

Als der Tempel immer tiefer im dunklen Wasser versinkt, erklingt **Herobrines** Stimme voller Wut:

– Du bist diesmal entkommen, **kleiner Krieger,** aber denk nicht, dass es vorbei ist! Wir werden uns wiedersehen ...

Du fühlst eine **unerwartete Kraft** in dir und schreist:

- Ich hoffe doch und bin bereit!

Entschlossenheit flackert in deinen Augen. Mit einem letzten Beben verschwinden die Reste des verfluchten Tempels im Wasser.

Glückwunsch!

Du hast Alice gerettet, den verfluchten König besiegt und konntest aus dem Tempel entkommen!

A1 – HINWEISE UND LÖSUNGEN VON BILLY

Hallo Minus!

Hier helfe ich dir, die Rätsel zu lösen, bei denen du nicht weiterkommst. Die Nummern unten entsprechen den Absätzen, in denen du ein zu lösendes Rätsel gefunden hast. Ich werde dir zuerst mit Hinweisen helfen. Wenn du trotzdem nicht dahinterkommst, gebe ich dir die Lösung!

25

__Hinweis Nr. 1:__

*Der Text informiert dich über einen ganz bestimmten **Würfel.** Dies ist ein Würfel, den du in den Geheimarchiven finden kannst und den du **selbst bauen** musst.*

__Hinweis Nr. 2:__

*Es handelt sich um einen **Würfel der Macht!** Wenn du ihn zusammengebaut hast, musst du ihn nur noch auf den Quarzblock stellen und dabei sichergehen, dass die Eisfläche des Würfels das mittlere Quadrat bedeckt. Dann sollte eine Nummer erscheinen.*

__Lösung:__

*Wenn du die Anweisungen befolgt hast, kannst du die Zahl **017** sehen. Die 1 befindet sich auf der Seite des Würfels, die nach oben weist.*

26

__Hinweis:__

Die Bedeutung einiger Symbole kennst du bereits. Du musst sie nur noch auf den restlichen Text anwenden.

Lösung:

Nach dem Übersetzen des Textes gehe zu ***45.***

40

Hinweis:

Verbirg die ***untere Hälfte des Schwerts!***

Lösung:

Auf der linken Seite des Schwerts kannst du „Geh zu“ lesen. Wenn du die untere Hälfte des Schwerts verbirgst, erscheint eine Zahl! ***33****. Du musst nun dorthin gehen!*

44

Hinweis:

Im Text ist von den von ***äußersten Enden*** *die Rede. Das bezieht sich sicherlich auf* ***Tasten ganz links und ganz rechts.*** *Addiere die beiden Werte! Welches Ergebnis erhältst du?*

Lösung:

Du addierst den Wert der Taste links, also ***5,*** *zu dem Wert der rechten Taste, also* ***3****. Dies ergibt 5 + 3 =* ***8****. Du weißt, wohin du im Buch gehen musst!*

46

Hinweis:

Du solltest dir das ***Fresko*** *etwas genauer ansehen! Ich bin sicher, du hast etwas übersehen. Mir schien, dass ich etwas* ***lesen*** *konnte.*

Lösung:

Auf dem ***Fresko*** *kann man* ***„GEHE ZU 09“*** *lesen. Folge einfach dem Hinweis!*

60

Hinweis:

Vergiss nicht, dass ***jedes Symbol nur einmal pro Zeile, Spalte und Quadrat erscheinen darf.*** *Ich denke also, dass unter* ***dem Fisch*** *in der ersten Zeile* ***ein Diamant*** *sein muss. Und* ***unter dem Diamanten*** *unten links ist sicherlich* ***ein Fisch*** *richtig ...*

Lösung:

Wenn du das Rätsel richtig löst, ist ***a ein Schleimballen*** *und* ***b ein Fisch,*** *das ergibt dann die Zahl* ***78****. Dort musst du hingehen.*

63

Hinweis:

Du kennst bereits den Wert des Spinnenauges (10) und den des Knochens (5). Ziehe diesen Wert also einfach von dem der Feder ab: ***30 – 15****.*

Lösung:

Wenn du richtig rechnest, erhältst du ***15****. Dort musst du hingehen.*

66

Hinweis:

Der Text informiert dich über die falschen Blöcke. „Der richtige Block ist nicht grün“, also ***geht es sicherlich nicht um den Smaragdblock.*** *Und „Er steht nicht unter dem Material, aus dem man Eimer herstellt" bedeutet sicherlich, dass* ***es nicht der Block ist, der unter dem Eisenblock liegt,*** *da Eimer aus Eisen geschmiedet werden.*

Lösung:

Der richtige Block ist ***Eisen.*** *Er ist tatsächlich der einzige, auf den alle Hinweise im Text zutreffen. Du weißt, dass du zu* ***52*** *gehen musst.*

68

Hinweis:

Denke daran, dass ***du nur zwei Blocks weit weg springen kannst.*** *Du kannst die* ***Holzblöcke also eliminieren,*** *weil du damit bis zum Ende des Raums kommst.*

Lösung:

Um das Ziel zu erreichen, musst du auf die ***Erdblöcke*** *springen. Du weißt nun, dass du zu* ***71*** *gehen musst, da dies die entsprechende Nummer ist. Ich empfehle dir auch, den Weg aus Diamantblöcken auszuprobieren, er könnte sich als nützlich erweisen …*

88

Hinweis:

Zögere nicht, die eingeschlagenen Wege mit einem Bleistift zu markieren. Du kannst sie danach immer wieder ausradieren. Was ich dir auf jeden Fall sagen kann, ist, dass ***der Knopf, der oben auf dem Würfel liegt,*** *meiner Meinung nach nicht der gesuchte Knopf ist.*

Lösung:

Die richtige Lösung ist der ***blaue Knopf,*** *der dich zu* ***82*** *führt.*

93

<u>*Hinweis:*</u>

Für den Anfang musst du sicherstellen, dass sich das moosige Steingesicht auf dem Würfel der Macht direkt auf dem des Buches befindet. Du musst also den Würfel auf das Buch legen. Du kannst den Würfel drehen, bis die Symbole im Buch mit denjenigen auf dem Würfel übereinstimmen. Du solltest etwas lesen können ...

<u>*Lösung:*</u>

*Wenn du das bemooste Steingesicht korrekt platziert hast und den Würfel drehst, bis sich das Lavagesicht links befindet, kannst du **„GEH ZU 83“** lesen. Dort musst du hin.*

98

<u>*Hinweis:*</u>

*Der Text erzählt von einem Spiegel – **einem Spiegel aus der realen Welt.** Du musst also einen Spiegel finden, vor dem du den **Würfel der Macht** platzieren kannst. Wenn du ihn richtig hinstellst, sollte eine Nummer angezeigt werden.*

<u>*Lösung:*</u>

*Wenn du den **Würfel der Macht richtig vor dem Spiegel platzierst,** wird die Zahl **94** angezeigt: Die **9** ist auf dem Holz zu sehen, während die **4** sich in der **Lava** befindet.*

A2 - KOMBINATIONEN

Hier sind alle **Kombinationen,** die du im Verlauf deines Abenteuers ausprobieren kannst! Dank der Tabelle kannst du ein Objekt mit einem anderen verknüpfen, zum Beispiel eine Tür mit einem Schlüssel öffnen oder ein Objekt an einem Ort verwenden.

KOMBINATIONEN FÜR DIE ERSTE EBENE

	EISENTÜR	3-TASTEN-MECHANISMUS	KLEINER WÜRFEL
KLEINER EISENSCHLÜSSEL	49	12	23

	FEUERZEUG	EIMER MIT WASSER	BUCH
SCHREIBTISCH	43	32	26

	FEUERZEUG	DIAMANTSCHWERT	BUCH
WANDBEHANG	31	24	42

	FEUERZEUG	BUCH	DIAMANTSCHWERT
ZOMBIE	36	41	16

KOMBINATIONEN FÜR DIE ZWEITE EBENE

	DIAMANTSCHWERT	BLAUE ORCHIDEE	DIAMANTSCHILD
GOLEM	64	105	79

	BILLY	SCHWARZPULVER	FACKEL
DUNKLER RAUM	69	76	67

	SCHWARZPULVER	BLAUE ORCHIDEE	EIMER MIT WASSER
SELTSAMER TRANK	74	85	96

A3 - INVENTAR

Sobald du ein Objekt gefunden hast, **kreuzt du hier das entsprechende Kästchen an.** So kannst du hier immer nachsehen, was du schon gefunden hast.

- [ ] KLEINER EISENSCHLÜSSEL
- [ ] BUCH
- [ ] FEUERZEUG
- [ ] DIAMANTSCHWERT
- [ ] BLAUE ORCHIDEEN
- [ ] WÜRFEL DER MACHT
- [ ] FACKEL
- [x] EIMER MIT WASSER
- [ ] SCHWARZPULVER
- [ ] DIAMANTSCHILD
- [ ] DIAMANTHELM
- [ ] SELTSAMER TRANK
- [ ] WURFTRANK
- [ ] PLATTENSPIELER

A4 – PLAN DES VERFLUCHTEN TEMPELS

ERSTE EBENE

A4 - PLAN DES VERFLUCHTEN TEMPELS

ZWEITE EBENE

ZUR ERSTEN EBENE